［編著］
惣谷美智子・新野緑

# オースティン と エリオット

〈深遠なる関係〉の謎を探る

春風社

# オースティンとエリオット——〈深遠なる関係〉の謎を探る　目次

## 凡例

本書で取り上げるジェイン・オースティンとジョージ・エリオットの作品の出典表記に関しては、以下の略記を用いる。

＊ジェイン・オースティンの作品

*Sense and Sensibility*: *SS*
*Northanger Abbey*: *NA*
*Pride and Prejudice*: *PP*
*Mansfield Park*: *MP*
*Emma*: *E*
*Persuasion*: *Per.*
*Juvenilia*: *Juve.*

＊ジョージ・エリオットの作品

*Scenes of Clerical Life*: *SCL*
  "The Sad Fortunes of the Reverend Amos Barton": "Amos"
  "Mr. Gilfil's Love Story": "Gilfil"
  "Janet's Repentance": "Janet"
*Adam Bede*: *AB*
*The Mill on the Floss*: *MF*
*Middlemarch*: *M*

# はしがき

新野緑

## ▼「偉大な伝統」の系譜

ジョージ・エリオットは、ジェイン・オースティンの没後二年の一八一九年に生まれ、小説家としての活動時期には半世紀以上の隔たりがある。しかしリージェンシーとヴィクトリア朝の違いはあるものの、それぞれ同じ一九世紀イギリスの一つの時代を代表し、イギリス小説の「偉大な伝統」の系譜に連なる傑出した女性作家として並べて論じられることが多い。

とはいえ具体的な影響を論じる段になると、批評家の論調はいささか微妙なニュアンスを帯びる。たとえば、F・R・リーヴィスは『偉大な伝統』で、両者の関係を以下のように述べている。

> 言うまでもなく、エリオットはジェイン・オースティンと密接に繋がっている。ジョージ・エリオットがオースティンの作品を心の底から崇めていた証拠は十分にある。重厚な知性と真摯な道徳観が足枷になっていると言われたりもするエリオットのような作家は、確かに、リットン・ストレイチーが同時代人の模範とした作家［ノーマン・ダグラス］に優るものを、ジェイン・オースティンに見ている。(4th Impression 9)

オースティンをイギリス小説の「偉大な伝統」の創始者とするリーヴィスの主張は、論の基盤であるオースティンの「偉大さ」を実感させる具体的な論証がそもそも不十分である上に、[1]エリオットがオースティンを賞賛していたという直接の証拠も、その断定的な口調にもかかわらず明示されていない。

じつは、「ジョージ・エリオットがオースティンの作品を心の底から崇めていた証拠は十分にある」とするリーヴィスの文章は、一九四八年の初版では、「ジョージ・エリオットがオースティンの作品を心の底から崇め、最も早い時期に、それを高く評価する評論を書いて刊行したのは、意味のないことではない」（1st Impression 9）となっていた。[2]エリオット書簡集の注でゴードン・S・ハイトが言うように、オースティンとジョルジュ・サンドを比較するジョージ・ヘンリ・ルイスの評論「女性作家たち」（一八五二年七月）と、「傑出した作家の中に定評ある地位を未だ得ていない」（"Austen" 443a）オースティンをシェイクスピアにも優る模範的な作家（"Austen" 449a）としてその再評価を試みた同じくルイスによる「ジェイン・オースティンの小説」（一八五九年七月）は、そのいずれもが、しばしばエリオットの著作と目されていたことを考えると、[3]ノーマン・ペイジも指摘するように『偉大な伝統』の初版時に、リーヴィスはルイスの著作をエリオットのそれと混同していたように思われる[4]（49–50）。

### ▼ルイスの影響

しかし、ここで重要なのはリーヴィスの記述の是非ではなく、『ウェストミンスター・レビュー』や『リーダー』をはじめ、雑誌や新聞に数多くの書評やエッセイを寄稿していたエリオットが、オースティンについて直接的な言及をほとんどしていないという事実だ。もちろん、エリオットが処女作「エイモス・バートン師の悲運」を刊行した一八五七年前後の日記にはルイスと一緒にオースティンの作品を声に出して読んだことが頻繁に記録されているし、一八七五年頃の日記にも同様の記載がある。(5) しかし、そこに記されているのは朗読した作品の表題のみで、評価や感想は一言も書かれていない。しかも、日記に記されたエリオットのエッセイ「いかにして私は小説執筆に至ったか」(一八五七年一二月六日)では、かつて彼女が小説の導入章として書いた「スタフォードシャーのとある村と近隣の農家の生活」(*Journals* 289) の原稿を読み聞かされたルイスが、彼女に「劇的能力があるかどうかわからない、いやあるとは思えないが、ひょっとすると小説が書けるかもしれない」(*Journals* 290) と言ったというエピソードが紹介されているのだ。オースティンの「劇的に物事を提示する類まれで得がたい技術」("Austen" 449a) を、誰もが学ぶべき模範とルイスが考え、シャーロット・ブロンテにも彼女の作品を読むことを勧めた ("Recent Novels" 687) ことを思うと、エリオットが創作の初期にオースティン小説を次々と読んだのは、エリオット自身の意志や好みというよりは、ルイスの強い意向によると考えた方がよいだろう。

ジョアン・シャトックによれば、一八七〇年にオースティンの甥のジェイムズ・E・オースティン=リーがその回想録を書くまで、オースティンは一部の愛好家を除いて、文壇においてさえほとんど注目されることがなかったという (Shattock)。ルイスは、ウォルター・スコット (一七七一―一八三二年) やリチャード・ホエートリ (一七八七―一八六三年) などとともに、オースティンを早くから評価した数少ない批評家の一人だったから、(6) エリオットがそのエッセイでオースティンに言及していなくても不思議ではないかもしれない。

しかし、「いかにして私は小説執筆に至ったか」で、エリオットに「劇的能力」が欠けているとしたルイスの言葉をなぞるかのように、彼女自身が「私は常に自分には構成の上でも会話の上でも劇的能力が欠けていると考えていた」(*Journals* 290) と言い、ルイスが「女性作家たち」で、

文学のあらゆる部門の中で、フィクションはそれ自体の在り方から言っても、付随する状況から言っても、女性にぴったりの部門だ。……女性の知識の大半を形作る家庭での経験は、小説においてこそ適切な形を見出す。それに、われわれがすでに女性の精神の特質とした情緒の優位性こそ、フィクションが本質的に要求するものなのだ。(43)

と言えば、その四年後に、ルイスの論に呼応するように発表されたエリオットの「女性作家による愚かな小説」(一八五六年一〇月) には、

幸運にも、フィクションは女性が自分たちの流儀で男性と十分対等に渡り合える文学部門だと証明するのに、議論を待つ必要はない。現在や過去の偉大な作家の名が、私たちの記憶に群れをなして次々と浮かび、単に「良い」というレベルではなく、最良の小説、しかも、男性の能力や経験とは全く異なる貴重な特質を持つ小説を女性が生み出せると証明するのだ。(320)

と先のルイスと同様の主張がある。しかも、「女性作家たち」でオースティンとジョルジュ・サンドを

比較しつつ「芸術家としてミス・オースティンは今まで生きてきた男性小説家のすべてに優り、雄弁と感情の深さでは、どの男性もジョルジュ・サンドの足元にも及ばない」(43) とルイスが言えば、その二年後、エリオットはフランスの女性文筆家の優越性を論じた「フランスの女性たち――マダム・ド・サブレ」(一八五四年一〇月、以下「フランスの女性たち」と略記) で、「ジョルジュ・サンドは誰もがその足元にも及ばない芸術家で、ジャン＝ジャック・ルソーの雄弁と外的な特徴への深い感覚を、人物の鮮やかな描出や情念の悲劇的な深みに結びつけている」(39) と述べて、オースティンよりもさらに優れた女性文学の最高峰とルイスが激賞したジョルジュ・サンドを同様に褒め称えているのである。

いずれの場合も、エリオットがルイスの言葉遣いまでをも踏襲する形で、彼と同一の意見を述べていることから、その影響の大きさは明らかだが、それにもかかわらずルイスがあれほど賞賛したオースティンについて、エリオットがその著作でほとんど触れていないのは、やはり奇妙と言うよりない。しかも、「フランスの女性たち」におけるジョルジュ・サンドに対するエリオットの褒め言葉は、ルイスがオースティンの優れた特質とした「彼女の人物描写に顕著な、素晴らしい真実味と精妙でくっきりとした筆遣い」("Lady Novelists" 44) までもを、意図的にジョルジュ・サンドのものとしているように思われるのである。どうしてこのようなことが起こったのだろう。

▼異質な作家間の影響を読み取る

エレン・モアズは、オースティンに対するエリオットのこの奇妙な扱いに着目して、ジョージ・エリオットの書簡には（ルイスと出会ってから）ジェイン・オースティンに敬意を表す言葉がいくつか見られるが、ストウ夫人やスコット、ルソー、ブロンテ、ジョルジュ・サンドなど、ロマン主義的な熱情や魂の深みを持ち、エリオットが心底親近感を抱く作家に与えた激賞とは似ても似つかない。では、ジェイン・オースティンについてはどうか。気質も、社会階層も、文学上の目論みも、女性同士という以外のあらゆる点で、オースティンとエリオットには格段の違いがある。（49）

と述べ、オースティンの作品と出会った当初のエリオットの反応は、シャーロット・ブロンテのオースティン評と大差のない批判的なものだったのではないかと推測している（49）。

同様に、ジリアン・ビアもまた、「エリオットは気質的にも芸術的な観点からも、ジェイン・オースティンが卓越した力を発揮したあの両義性に満ちて人々を惑わせるプロット展開に居心地の悪さを感じた」（42）と述べて、両者の本質的な違いを指摘した。しかし、ビアは同時に、

ジェイン・オースティンが初期の頃に徹底的なパスティーシュの手法で成功を収めたところで、ジョージ・エリオットはまるで言い逃れをするかのように、あるいは初めはそれと分からないような形で他者のテキストに言及する。彼女は尊敬する作家や苛立たしいと思う作家の作品を援用する時には、それを敷衍し、うまく機能していない単語や出来事の含意を読み解いてみせるのである。（43）

として、両者を対比しながらも、作家としてのキャリアの終わりに同時代の小説に嫌気がさしたエリオットが、最終的に創作の手がかりを再びオースティンに求めたと指摘する(42)。こうして、ビアは、『ダニエル・デロンダ』(一八七六年)のヒロイン、グウェンドレンを「瀕死のエマ」(42)と呼んで、対照的とも見える両者の深い関わりを指摘し、モアズもまた、「『アダム・ビード』はオースティンが排斥したものを炙り出した小説のようだ」と述べて、異質な表層の背後に潜む両者の「緊密で、ほとんど不気味なほどの連関」(49)を『アダム・ビード』(一八五九年)と『エマ』の間に読み取っている。

このように、オースティンとエリオットの間には、一般的な「影響関係」という言葉では言い尽くせない、密やかで複雑な、しかし本質的な関わりがある。いわばそれは、作品の深層構造の中にひっそりと組み込まれた影のようなものと言ってよい。直接的な言及がない以上、そのつながりを掬い上げるためには、両者の作品を細やかに読み解いて、一つ一つの表現の背後に隠された微妙な手がかりを丹念に拾い上げていくほかかない。本書で各執筆者が求められているのは、まさにそうした精緻な「読み」の行為となる。

本書の第1章「女性の教育と生活の資——オースティンとエリオットにおけるウルストンクラフトの遺産」(川津雅江)は、オースティンとエリオットを、イギリス女性運動史の起点であるウルストンクラフトの継承者と見なす。当時の女性の社会的地位や財産、職種などについての歴史的文化的知見を駆使しながら、『エマ』と『ミドルマーチ』に登場する家庭教師から主婦となった女性たちの描写を中心に、女性の教育と経済的自立の関係を論じたウルストンクラフトの思想の跡を辿り、二人の小説家の考えの同異を明らかにする。

第2章「少女は小説家の母である——初期作品からみるオースティンとエリオット」（土井良子）は、オースティンの初期作品の特徴とその変容の過程を辿り、先行作品をパロディ化し、現実離れのした奔放な女性をヒロインに持つ初期作品が、身近な日常の写実を旨とする長編小説と実は通底することを示す。そして、スコットの歴史小説を真似て創作を始めたエリオットが、処女作「エイモス・バートン師の悲運」で、オースティンの『高慢と偏見』を模倣しつつ独自の小説を構築した可能性を検討する。

第3章「オースティンとエリオット——匿名性と作品を取り巻く『視点』」（永井容子）は、男性作家が主導権を握る当時の文壇において、匿名や偽名を用いて書くことが女性作家にもたらす利点を、エリオットの個人的な状況にも光を当てながら解説する。同時に『エマ』と『ミドルマーチ』の「視点」の取り方を詳細に比較し、両者に共通する多角的かつ多重的な視点が、世界の捉えどころのなさを許容する二人の作家の匿名性のあり方に、いかに密接に関わっているかを考察する。

第4章「〈見誤り〉の悲劇／喜劇——『エマ』と『ミドルマーチ』」（新野緑）は、ともに〈見誤り〉をテーマとする『エマ』と『ミドルマーチ』の小説構造の類似と差異を詳細に分析し、二人の作家の人間認識に対する姿勢の違いを炙り出す。そして、非情なコミュニティの逃れられない一員としてその誤謬に満ちた視点を容認する『ミドルマーチ』が、「笑い」がもたらす判断停止によって認識のアポリアからの解放を求めたオースティンへの批判的読みの産物でもあれば、密かなオマージュでもあることを示す。

第5章「『説得』と『ミドルマーチ』——『はじまり』と『終わり』の狭間で」（惣谷美智子）は、オースティンとエリオットの成熟期の作品の、書き出しから結末部に至る語りの形態の変化とその効果に焦点を当てる。一見対照的とも見える両者が、ともにユーモアと諷刺を巧みに用いながら、ヒロインの最終的な恋の成就に対する共感と心理的距離の双方を読者に同時にもたらす過程を追い、そのヤヌス的視点の生成に、読者との信頼関係に基づく「空白」が孕む極めて現代的な読みの可能性を見出す。

第6章「エリオットはオースティンから何を受け継いだのか?——『ミドルマーチ』における〈分別〉と〈多感〉」(廣野由美子)は、『分別と多感』のエリナとメアリアン、さらに両者を統合する形で〈多感〉から〈分別〉へと推移する『ミドルマーチ』のドロシアとを克明に比較する。そして、二つの対立概念が互いの境界線を侵食しながら危ういバランスを獲得していく様を読者の共感を掻き立てつつ諷刺とユーモアを交えて描き出すエリオットに、オースティンに通じる「イギリス的なるもの」の継承者の姿を見る。

第2章を除く他の五章すべてが『ミドルマーチ』をオースティン作品との比較の対象として取り上げているのは、エリオット作品に占めるオースティン的要素を考える上でまことに興味深い。ウルストンクラフトに始まる女性運動との関わりといった文化的視点から、作品内に潜むジェンダーを超えた「イギリス的なるもの」の探求という純粋に文学的な議論まで、各論考は多様な観点から、エリオットとオースティンのテクストに隠された連関を紐解いていく。

執筆者がそれぞれ独自のアプローチを取りながらも、各論の間に微妙なテーマの重なりが見られるのは、本書が、二〇二二年一二月一一日にオンラインで開催された日本オースティン協会と日本ジョージ・エリオット協会の合同大会でのシンポジウム「『深遠なる重要性を帯びた影響』——その探求の魅惑」(司会　惣谷美智子、講師　川津雅江、土井良子、永井容子、新野緑)と講演「ジョージ・エリオットはジェイン・

オースティンから何を受け継いだのか？——『ミドルマーチ』における〈分別〉と〈多感〉」（廣野由美子）をもとに企画されたこともあろう。コロナで一年延期された大会は、与えられた時間内では語り尽くせないほどの充実した内容で、執筆者はそのいずれもが互いに大きな刺激を得ることとなった。

こうして完成した本書が、オースティンとエリオットの作家としての本質に光を当てるに止まらず、一九世紀イギリスにおける女性作家の間の奥深い文学的影響関係を理解する上で、新たな発見や示唆をもたらす刺激に満ちた一冊となることを、編者の一人として心から願っている。

## 注

（1）たとえばノーマン・ペイジは、『『偉大な伝統』にジェイン・オースティンが占める位置は、いわば少々不明瞭なまだ。漠然とした言葉遣いで主張してはいるが、リーヴィスの批評を本来特徴づけているはずのある種具体性を伴った形での提示はまったくない」（45）という。

（2）リーヴィスは初版の記述を三刷まで踏襲しており、四刷でそれを書き換えた。

（3）ゴードン・S・ハイトによれば、George Willis Cook がその著作 *George Eliot: A Critical Study*（Boston, 1883）の第七章で、ルイスの「女性作家たち」をエリオットの著作だと誤って言い、その誤りを、H.H. Bonnell の *Charlotte Brontë, George Eliot, Jane Austen*（New York, 1902, p.374）をはじめ、多くの批評家たちが踏襲したと言う（*Letters* 2:31 n1）。さらに、ルイスの「ジェイン・オースティンの小説」もまた、エリオットが書いたと考えられていたと、ハイトは述べている（*Letters* 3:10 n7）。

（4）もっともペイジはリーヴィスの主張を否定しているわけではなく、作品間の影響は数多くあるとして具体的に論じている（50–53）。

（5）たとえば "Feb.1, 1857" "May 13, 1857"（*Journals* 65, 69）、"GE Journal, Jersey, 28 June 1857"（*Letters* 2:358）、"GE to Phebe Sara Marks, Rickmansworth, 21 Sept. 1875"（*Letters* 6:171 n1）、"GE to John Blackwood, Earlswood Common, 8 August 1874"（*Letters* 6:75 n8）など参照。最初にエリオットがオースティンに言及したのはブレイ夫妻宛一八五二年六月二日付の書簡（*Letters* 2:31）で、『分別と多感』を送って欲しいと依頼するものだったが、すでにルイスとの出会いを果たしており、彼が「女性作家たち」を発表する一か月前のことだから、そこにもルイスの影響が考えられる。

（6）そのことは、「ジェイン・オースティンの小説」の原稿をルイスから受け取ったジョン・ブラックウッドが当時の有名な翻訳家のサラ・オースティンになぞらえながら、「君の大切なサラについての評論はまだ読んでいない。僕らが何をしようとしているかが分かれば、彼女［ジェイン・オースティン］は今になって評価されることに大いに驚き、喜んだだろう。ちょうど彼女と同名のあの有名なサラに幼いイサクが思いがけず与えられた時のように」（"John Blackwood to GHL, Edinburgh, 27 April 1859," *Letters* 3:57）と言って、この時期にジェイン・オースティンを再評価しようとするルイスの行為を、九〇歳で奇跡的にイサクを授かったという聖書のサラの逸話に喩えていることからも理解できる。なお、このブラックウッドの書簡に対して、ルイスは「僕の大事なジェイン・オースティンをサラと呼ぶのは止めてくれ」（"GHL to John Blackwood, Wandsworth, 22 July 1859," *Letters* 3:117）と抗議している。

## 参考文献


Beer, Gillian. *George Eliot and the Woman Question*. Edward Everett Root Publishers, 1986, 2019.

Eliot, George. *George Eliot: Selected Critical Writings*. Edited by Rosemary Ashton. Oxford UP, 1992.

——. "How I Came to Write Fiction." Eliot, *The Journals*, pp. 289–96.

——. "Silly Novels by Lady Novelist," *Westminster Review*, vol. 46. Oct. 1856, pp. 442–61. Eliot, *George Eliot*, pp. 296–321.

——. *The Journals of George Eliot*. Edited by Margaret Harris and Judith Johnston. Cambridge UP, 1998.

——. *The Letters of George Eliot*. Edited by Gordon Height, vol. 2, vol. 3, vol. 6. Yale. UP, 1954.

——. "Women in France: Madam de Sablé." *Westminster Review*, vol. 62, Oct. 1854, pp. 448–73. Eliot, *George Eliot*, pp. 37–68.

Leavis, F.R. *The Great Tradition: George Eliot, Henry James, Joseph Conrad.* Chatto and Windus, 1st Impression, 1948, 3d Impression, 1955, 4th. Impression, 1960.

Lewes, George Henry. "Recent Novels: French and English." *Frazer's Magazine*, vol. 36, Dec. 1847, pp. 686–795. "*Frazer's Magazine* 1847–12, vol. 36 Iss. 216." *Internet Archive*. https://archive.org/details/sim_frasers-magazine_1847-12_36_216/page/696/mode/2up.

——. "The Novels of Jane Austen." *Blackwood's Magazine*, vol. 86, July 1859, pp. 99–113. *A. Victorian Art of Fiction: Essays on the Novel in British Periodicals 1851–1869*. Edited by John Charles Olmsted. Routledge, 1979, pp. 443–57.

Mores, Ellen. *Literary Women: The Great Writers.* Oxford UP, 1972.

Page, Norman. "The Great Tradition Revisited." *Jane Austen's Achievement: Papers. Delivered at the Jane Austen Bicentennial Conference at the University of Alberta*, edited by Juliet MacMaster. Macmillan, 1976, pp. 44–63.

Shattock, Joanne. "Jane Austen and George Eliot: Afterlives and Letters." The Thirty-first George Eliot Memorial Lecture. *The George Eliot Review*, no. 34, 2003. Published by The George Eliot Fellowship. http://georgeeliot.org/.

# 第1章
# 女性の教育と生活の資
## ——オースティンとエリオットにおけるウルストンクラフトの遺産

川津雅江

## 1　ウルストンクラフトの再評価

### ▼『女性の権利の擁護』

二〇世紀初頭の女性参政権運動の活動家レイ・ストレイチーは、イギリス女性運動史の起点をメアリ・ウルストンクラフトの『女性の権利の擁護』（以後、『女性の権利』と表記）が出版された一七九二年においている（Strachey 12）。同書は、出版当時「女性教育論書」（Janes 294）として広く受容され、初版と同年に第二版、そして一七九六年に第三版の再版も出た。しかし、ウルストンクラフトの死の翌年に、夫のウィリアム・ゴドウィンが『女性の権利の擁護の著者の思い出』（一七九八年）を出版し、彼女の恋愛経験や婚姻外の子どもの出産などまで公表したせいで、彼女の名声は完全に地に堕ち、それとともに『女性の権利』もフランスの原理をばら撒くと危険視され、黙殺されていた。

### ▼「マーガレット・フラーとメアリ・ウルストンクラフト」

そうした状況を打破したのが、ジョージ・エリオットが一八五五年の『リーダー』誌に匿名で公表した書評「マーガレット・フラーとメアリ・ウルストンクラフト」である。エリオットはその中で、アメリカ人作家マーガレット・フラーの『一九世紀の女性』（一八四五年）と比較検討しながら、ウルストンクラフトを道徳的で理性的な思想家として提示するとともに、『女性の権利』を再評価した。(1) エリオットが特に注目したのは、女性の平等な社会的政治的権利の獲得の箇所ではなく、女性の教育と経済的自立の重要性を説いた箇所である。

女性の経済的自立をもたらす教育改革や職種拡大は、一九世紀中期に興った女性運動の活動家たちが組織的に取り組んだ課題だった。そして彼女たちの思想的基盤が『女性の権利』だったことは、のちに詳述するように、エリオットの親友で女性運動活動家の一人バーバラ・リー・スミスの『女性と労働』(2)(一八五七年)を見ても明らかだ。

エリオットは活動家ではなかったが、同時代の女性運動が推進した婚姻女性財産に関する法改正の請願書に署名したり、女性のための大学設立運動を支援した。(3) 一方、ジェイン・オースティンは、ストレイチーによって、エリオットの時代の女性運動の先駆者の一人に数えられている(14)。また、ウルストンクラフトについての言及をどこにも残していないが、クレア・トマリンのオースティンの伝記によれば、ウルストンクラフトの本を知っていたらしい(158)。そこで、本章では、オースティンとエリオットがどのようにウルストンクラフトの遺産を受け継いだのかを探ってみたい。具体的には、『エマ』(一八一五年)と『ミドルマーチ』(一八七一―七二年)にそれぞれ登場する、家庭教師から主婦になった女性の描写を中心に、二人の小説家の考えを比較・検討する。

## 2　エリオットが注目したウルストンクラフトの思想

### ▼三つの論点

オースティンとエリオットの小説におけるウルストンクラフトの遺産を探るにあたって、まずエリオットが注目したウルストンクラフトの議論を簡単に整理しておく。それは次の三つの論点に分けることができる［図1－1］。

## (一) たしなみ教育批判

第一に、伝統的なたしなみ教育を「教育の名にとうてい値しない」(Wollstonecraft 241) と批判したことである。ウルストンクラフトによれば、女性が愚かで体が弱くて、動物と同じく社会的地位が男性／人間 (Man) より低く、男性に隷属しているのは、幼い頃から「男性の保護」を得るように「か弱げな性質や、上辺だけの服従」、「美以外のものは何も必要ない」と教わってきたからであった (88)。こうした「浅薄なたしなみ」に関することだけを教わった女性は、経済的安定を得たいがために結婚し、夫を性的に楽しませ、夫に服従するだけであり、子どもじみたことばかりして、「しかるべき判断力をもって」家庭管理をすることも、子どもの世話や教育もできない (76, 103)。ウルストンクラフトは、このように生活の資を獲得するためだけに結婚し、夫に隷属しているのは、「合法的売春」(218) であると強い言葉で言い放った。

図 1–1　ジョン・オーピー「メアリ・ウルストンクラフト」(1797 年頃)

## (2) 理性を育む教育の推奨

第二に、ウルストンクラフトは、女性が男性と同等になるためには、男性と同じように理性や知性を育む教育を施されなければならないと主張した。女性はそのような教育を受ければ、看護婦や医師のような専門職を含む様々な職種に就くことができるし、「男性から独立し――誤解を避けるために言うと、一人の男性が別の男性から独立しているのと同じように独立して――自分自身で生活費を稼いで自由になる」(237) ことができる。女性が経済的に自立できれば、女性はもはや生活の資を得るために結婚する必要はなくなるのだ。

さらにウルストンクラフトは既婚女性の経済的自立も説く。「女性は夫が生きている間、自分の生計を彼の賜金に頼ってはいけないし、彼の死後も扶養されているようではいけない」(216–17)。また、仮に無職でも、家庭管理と子どもの育児・教育という社会的義務を果たす妻は、外で働く夫と同じく「啓蒙された市民」(237) と見なすことができ、その場合、夫と妻の関係はもはや伝統的な主従関係ではなく、対等な「友人」関係になるのだと主張した (237)。

## (3) 男性への悪影響の指摘

第三に、伝統的な教育を受けた女性が男性に及ぼす悪影響の指摘である。ウルストンクラフトによれば、長い間「無知と隷属状態」(238) に留まるように育てられ、「たしなみごと」だけを大事にする女性こそが、巧妙に男性を支配して、道を誤らせることは歴史によって証明されている。「歴史を振り返れば、弱き奴隷たち［女性］が主人を騙すだけの巧妙な手際を身につけたときに、彼女たちの狡猾さが生み出した罪の恐ろしい目録を作ることができる」(238)。愚かな女性は男性に寵愛されて、男性に対する「権力」を得ると、「子どもじみた情欲と利己的な虚栄」によって男性を操り、そういう女性と同じ目でものを見させてしまう(245)。その結果、「数多くの悪徳や圧政」が生じたのである(246)。

### ▼男性書評家から男性読者へのアピール

エリオットは、匿名で公表した「マーガレット・フラーとメアリ・ウルストンクラフト」において、こうしたウルストンクラフトの考えに対し、賛同の意を唱えた。しかし、ここで看過できないのは、匿名の書評者が発する「私たち」が男性の書評家と男性の読者を指していることであろう。それは、「私たちの妻」(205)と発言していることから明白だ。エリオットは、この二年後に男性のペンネームで小説を発表することを先取りするかのように、この書評で男性作家を装っているが、それだけではない。『女性の権利』が「男性のために書かれた」と解釈されているように(Vlasopolos 462)、エリオットは男性読者のために、『女性の権利』の思想をアピールしようとしているのである。ウルストンクラフトの右記論点のうちの最後の「男性への悪影響の指摘」を最初に長々と引用したあとでは、エリオットは次のように主張する。「完全な教育」を施されて「理性的存在」になった女性は「手に負えない配偶者」になると男性たちは一般に思っているが、実のところはそうではない。無知な女性の方が「無分別な動物」や弱々しい「小さい子ども」のように、扱いにくく、夫をあちこちに引き摺り回して疲れさせてしまうし、「台所」に関するような些細なことについて頑固に言い張ったりするのだ。一方、「本当に教養ある女性は、本当に教養ある男性と同じように、些細なことではいつでも譲歩するだろう」(203)。

また、ウルストンクラフトが女性の職業について論じている箇所を引用したときは、慎重にも、「合法的売春」(Wollstonecraft 218) という刺激的な文言の箇所を省略した。その上で、「男性たちは、女性たちの自助や独立の力を奨励するのをためらうために大きな代償を払っているのだ」("F & W" 204)、と男性側が被る苦労を強調して指摘する。たしなみ教育を受けただけで、自活もできない女性と結婚するということは、「神殿の中の人形のマドンナのように客間に座っていることしかできない」役立たずの女性と結婚することであり、そうなると、「才能ある男性の貴重な壮年期が、日常的な雑事の骨の折れる仕事で、費やされねばならない」(204–205)。つまり、夫は、妻がすべき「日常的な雑事」を彼女の代わりにやらねばならない。にもかかわらず、夫にとって、そんなことは「たいしたことではないのだ」と、エリオットは皮肉を込めて続ける。「女性について私たちが確立したおきまりのやり方を変え、私たちの妻を見下げる代わりに見上げるという危険を冒すことほど、我慢できないものは他にないのだ」(205)。しかし、そのすぐあとで、同時代のアルフレッド・テニソンの「プリンセス」からの詩行「彼女が小さくて、取るに足らない性質で、惨めなら/男性たちはどうやったら成長するだろうか」を引用しながら、女性の「従属と無知」は「女性とともに男性をも卑しめる」と主張した (205)。

このようにエリオットは男性読者からの反感を招くことをできるだけ避けようとしながら、彼らの同意を得ようと努める。ニコラス・マギンの言葉を借りれば、他の評論ではエリオットは率直で自信に満ち、激しく糾弾したのに対し、この書評では、巧妙に修辞的な言葉遣いを用い、読者におもねるような慎重な口調である (195)。それは、ウルストンクラフトや『女性の権利』を公の場で擁護することが難しかった時代だったからかもしれない。

## 3　女性運動の興隆

▼女性たちは仕事がほしい

それでも、『女性の権利』は密かに読まれ続け、エリオットの時代の女性運動に影響を与えていた。「マーガレット・フラーとメアリ・ウルストンクラフト」の公表の二年後に出版されたスミスの『女性と労働』の最初の見出しは、「女性たちは仕事がほしい」（5）である。スミスは、こうした叫びがいかに切実であるかを示すために、「イングランドとウエールズでは二〇歳以上の女性は百人のうち四三人が独身である」（10）という現状をつきつけながら、ウルストンクラフトに言及することなくウルストンクラフトの思想にそった議論を展開した。つまり、親は、娘が結婚しない場合に備えて、娘に教育を施して経済力をつけさせねばならない、あるいは娘の結婚相手が貧乏な場合は、彼女の労働で家計を手助けできるようにしなければならない、そして夫に先立たれたときには、一人で子どもたちを養うことができるように教育しなければいけない、と強く主張した（10–11）〔図1－2〕。

図1–2　サミュエル・ローレンス「バーバラ・リー・スミス・ボディション」（1861年）

スミスはまた、男女問わず、子ども以外「いかなる人も自分の親以外の誰かに食べさせてもらうべきではない」(11)と述べ、まさにウルストンクラフトの「合法的売春」の発言さながらに、こう断言する。「父親は娘の扶養を他の男性にしてもらう権利はない。それは女性の威厳を貶めて、合法的であろうと街頭であろうと、売春へと向かわせる」(11)。そして、女性は男性と「平等な結婚」をしたいのなら仕事を持つべきであるとし、「最も理想的な結婚生活」とは「知的才能と情愛のある心が等しい男性と女性、二人の労働者の生活」であると力説する(12)。また、女性が結婚して仕事を辞めた場合でも、彼女が「家政婦、乳母、子どもたちの教育者」の役割を担っているときは、夫と同じように「世帯の維持」に貢献しているので、「男性が妻と子どもたちを養っていると話すのは公正ではない」とも主張する(12)。その上で、女性に開かれた職業といえば、「家庭教師やお針子」(16)に限られているが、女性が生活費を稼ぐための職種がもっと多くなれば、女性はもっと幸せになるであろうと予測した。

## ▼既婚女性財産法

スミスは当時、既婚女性の財産に関する法改正のための請願書を集める運動に取り組んでいた。従来のコモン・ローでは、女性は二一歳で自分自身の財産(property)を管理することができた。しかし、結婚すると、法的権利や義務がすべて夫のものと融合したため、私的財産(personal property)や不動産(real property)がすべて夫の所有となり、契約もできなかった。教会裁判所で夫と別居が認められても、妻の収入や財産は別居の夫のものだった(詳しくはNeff 209–10)。スミスはこの問題を知らしめるために、一八五四年に『女性に関する最も重要な法律の平易な言葉による要約』を出版した。一八五六年出版の第二版の増補版では、既婚女性の財産に関する法の改正を求める三万人の請願書を議会に提出したことを明らかにした（*Brief* 11）。そして、その翌年出版の『女性と労働』では、六万人の請願書が集まったとし、既婚女性財産に関する法が改正されたならば、「女性が結婚後も働くことについて、公衆の感情に大きな変化が生じるであろう」（*Women* 19）と、期待を寄せた。

同時期には、「通常の女性運動に直接かかわるものではなかった」（Strachey 76）が、詩人・小説家のキャロライン・ノートンが中心的に関わった婚姻および離婚法案が提出され、これは一八五六年に二つの改正をもたらした。一つは、教会裁判所で法的に別居した女性を独身女性として扱い、財産保有権と契約権を認めたこと、もう一つは、夫に遺棄された女性は治安判事に独身女性であることを認められることで、これらの改正は一八五七年の「婚姻訴訟法」（離婚訴訟を教会裁判所から世俗の裁判所に移した法、制限つきで離婚の請求権を妻に認めた）に組み込まれた。一方、「既婚女性財産法（Married Women's Property Act）」が成立したのは一八七〇年で、女性に自分が働いて得た賃金や財産を完全に所有することを認めた。そして、一八八二年の改正では、相続、投資、贈与を問わずすべての財産を包含するようになった。(4)

## 4 『エマ』と『ミドルマーチ』

それでは、オースティンとエリオットは小説の中で、どのようにウルストンクラフトの遺産を受け継ぎながら、女性の教育と経済的自立について描いたのだろうか。『エマ』は一八一〇年代、『ミドルマーチ』は第一次選挙法改正の一八三〇年代という、両小説とも既婚女性の財産に関する法改正はおろか、それを推進する女性運動すら顕在化していなかった時代設定であることを念頭に置きながら、分析していきたい。

### ▼たしなみ教育と結婚

二人の小説家とも明らかに、ウルストンクラフトが主張したように、生活の資を得るための結婚をゴールとするだけのたしなみ教育に対して批判的であった。『エマ』では、ゴダード夫人が経営する寄宿学校で「無理のない量のたしなみごと」を教わるだけで、決して「天才」にはならない女生徒たちは結婚しやすいと記される(21)。逆に言えば、そこの特別寄宿生で私生児のハリエット・スミスは、『高慢と偏見』のシャーロット・ルーカスのように、生活の資のためには結婚するより他に手段がない。しかし、エマ・ウッドハウスの義兄のジョージ・ナイトリー氏は、次のように断言する。「ハリエット・スミスさんはとても綺麗な女性だが、結婚申し込みが次から次へと切れ目なしにくることにはならないだろう。分別のある男性は……愚かな妻を手に入れたいと思わないのだ」(*E* 68)。ナイトリー氏は「オースティンの代弁者」(Scheurmann 222)、もしくは、彼の見解は語り手によって支持されている(Johnson 199)と解釈されている人物である。

一方、『ミドルマーチ』では、たしなみ教育批判は、ミドルマーチの市長で工場経営者の美しい娘ロザモンド・ヴィンシーの描写を通して描かれている。彼女は、レモン女学院で、「たしなみのある女性に必要とされるすべてのことを――馬車の乗り降りのような特別なものですら」(94)学んだ。プリムデイル夫人もしくは語り手[5]によれば、そうしたたしなみごとは、「結婚したらすぐに全部わきにのけられてしま」い、何の役にも立たないものだった（164）。語り手が、「彼女は今までずっとお金のことを、必要なものだが他の人たちがいつも用意してくれるだろうと思っていた」（262）と述べているように、ロザモンドは自分で稼いで自立することはまったく考えていない女性だ。裕福な家庭に育ちながら遺産を受けることができないので、生活の資のためと上の階級に上がるために若手医師のターシアス・リドゲイトと結婚する。だが、当然予想されるように、夫にとって助けとなる妻にならない。家庭管理をせずに浪費し、夫を借金まみれにしてしまう。小説の「終曲《フィナーレ》」になって、リドゲイトがのちに大成功し、若くして亡くなって「莫大な生命保険金」を遺し、その後ロザモンドが「老齢の金持ちの医者」と再婚したと（821）、小説を締めるにふさわしい都合のよい話が語られるが、そうしたエピソードもロザモンドが経済的に自立できない女性であることを示しているであろう。彼女は、エリオットが書評で言及した「神殿の中の人形のマドンナ」を代表すると言われている女性である（Gargano 119; Szirony 164）［図1－3］。

図 1–3　W・L・テイラー「ドクター・リドゲイトとロザモンド」（1888 年）

### ▼経済的に自立した女性

とはいえ、一九世紀初期のほとんどの中流階級の女性たちにとって、生活の資のためには結婚するより他に道がなかったことは歴史的事実である。『エマ』と『ミドルマーチ』はフィクションであるが、歴史家の目から見ても、当時の女性の生活の実態が如実に描かれている。たとえば、ストレイチーは、当時の女性が結婚しなかったらどう思われるかを示すために、『エマ』のヒロインの次の言葉を引用している（17）。「わずかな収入しかない独身の女性は必ず、滑稽でとっつきにくいオールドミスで、男の子や女の子のかっこうな物笑いの種になります。でも、財産が十分にある独身の女性はいつも尊敬の念を起こさせ、人並みに分別があり、感じのいい人でしょう」（*E* 91）。

オースティンの他の小説のヒロインたちと同じく、エマも小説の最後で結婚することになる。だが、他のヒロインたちと違って、彼女だけが「三万ポンドの女子相続人」（147）として、結婚しなくとも経済的に自立できる未来が約束されているので、彼女の結婚が生活の資のためではないことは明々白々である。ロバート・D・ヒュームによれば、「三万ポンド」は「五パーセントの利子で年一五〇〇ポンド」の価値があった（295）。『分別と多感』のエリナが「富」と呼ぶ「千ポンド」が当時の専門職階級の年収、メアリアンの望む「二千ポンド」が地主階級の年収（*SS* 106, 458–59n3）であったことから考えると、相当な額である。また、コモン・ローでは、独身女性は二一歳で自分自身の財産を管理することができたことを想起すると、経済的に自立できる女性であることを誇り、あえて結婚する必要性を感じていないエマの年齢がもうすぐ二一歳であるのは、必然的な設定であったことがわかる。

### ▼住み込み家庭教師

一方、当時、エマと違って、資産がなく、十分な遺産も入る見込みのない中流階級の女性は、結婚しなければ、父親の死後、兄弟や親類などに頼るか、それもできなければ、自分で生活の資を稼がねばならなかった。あるいは、親の収入が少ないとか、家族が多かった場合も、親に頼ることができないので、結婚相手を見つけることができなければ、自活の道を選ばざるを得なかった。ウルストンクラフトも経験した住み込み家庭教師（governess）の職は、そうした「きちんとした生まれの女性」が、通常「年二五ポンドの給与」を得ながら対面を保てる唯一の仕事だった（Strachey 59）。しかし、経験者のウルストンクラフトが「屈辱的な境遇」（219）として告発していたように、その仕事はきちんとした生まれの女性にとっては惨め極まるものだった。

『エマ』にも『ミドルマーチ』にも、経済的に困難であっても家庭教師の職につくことに対して忌避感を示す女性たちが登場する。『エマ』では、父親の友人の家で育てられた孤児のジェイン・フェアファックスは、自立するには家庭教師になるしか道はないので、「信仰深い修練女のように泰然として、二一歳になったならば、一身を捧げるのをやり遂げ、人生、道義をわきまえた交際、対等な社交界、平安や希望などのあらゆる喜びから身を引いて、永久に苦行と禁欲に向かおう」（176）、と心に決めていた。ところが、その年齢になったのになかなか踏切ることができない。のちにエルトン夫人との会話の中では、家庭教師の斡旋所を「人間の肉ではなくて――人間の知性を売るための事業所」と言い、そしてその職を「奴隷売買」にたとえてもいる（325）。家庭教師職に対するこのような見方は、ヴィクトリア朝になってもほとんど変わっていない。たとえば、スミスの『女性と労働』は、『タイムズ』紙の求人広告に応えて応募した五〇人の家庭教師のうちの一人からの手紙を、「白人奴隷の身分」の見出しをつけて掲載した。その手紙は、雇用先の家の召使いが年一〇ポンドか一二ポンドの給与なのに、七人の子どもたち（うち二人は赤ん坊）の教育と世話を全部やる家庭教師が一〇ポンドの給与（ストレイチーのいう通常の給与の半分以下）だったと、教養ある女性がいかに不当な虐待を受けているかを訴えている（*Women* 17）。

その上、住み込み家庭教師の仕事に就くということは、結婚相手を見つけることができなかったことを意味した。『ミドルマーチ』では、ヴィンシー家の家庭教師ミス・モーガンは、「肌が浅黒く、鈍感で、忍従していて、要するに、ヴィンシー夫人が言うように、まさに家庭教師にうってつけの人だった」（159）が、裕福でない土地差配人の娘、二二歳のメアリ・ガースも、「ものすごく不器量」で、結婚よりも「家庭教師になる方が合っている」（100）と、ヴィンシー夫人に言及されている。「不器量（plain）」とは「醜い（ugly）」の婉曲語である。このように、家庭教師のパブリック・イメージは、一九世紀を通じて、「しなびて、年老いて、醜い（dry, old and ugly）」という形容詞と結びつく「オールドミス（spinster）」、あるいは、「性的興味をそそらない／魅力のない（sexless）」女性だった（Hughes 118–19; Broughton and Symes 176–77）。

キャサリン・ヒューズによれば、こうしたイメージには信頼できる証拠はなかった。しかし、通いの家庭教師（daily governess）が結婚する割合が大きいのに対し、住み込みの家庭教師はずっと独身のままでいることが予想された。そのため、結婚しそうもないのが明らかになる二〇代の終わりになるまで、住み込み家庭教師になろうとしなかった女性がいたので、こうしたイメージが広がったらしい（Hughes 118）。したがって、二一歳のジェイン・フェアファックスや二二歳のメアリ・ガースが、住み込み家庭教師になることに抵抗を示したのは無理もないと言える。メアリは、フェザーストン老人の介護の仕事をしてわずかな収入を得て一家の家計を助けているとき、「私の生活は、お宅のモーガンさんの生活よりは楽しいと思うわ」（*M* 110）と、ロザモンドに言っている。のちには、母親に向かって、「よその家よりも学校で教える方が私には合っているの。教室で教えるのが一番好きよ。それに知っているでしょう。私は教えなくちゃいけないの。他にやれるのがないのよ」（390）と、同じ子どもたちを教える仕事でも学校教師の方が好きだと言い切っている。

## ▼家庭教師から主婦になった女性

それだけに、『エマ』と『ミドルマーチ』にそれぞれ家庭教師をやめて結婚し、主婦になった女性、アン・ウェストン夫人とスーザン・ガース夫人が登場しているのは看過できないであろう。ヒューズによれば、現実には、女性家庭教師の結婚は極めてまれなケースで、牧師か男性教師（tutor, master）のような社会的階級が同じで周縁的な人と出会って結婚するケースが可能性としてはあったけれども、『ジェイン・エア』のロチェスター氏のような上の階級の男性と結婚するケースはまったくなかった（141–43）。トレヴ・ブロートンとルース・サイムの『家庭教師』のアンソロジーには、実在の人物として、村の農夫と結婚したドイツ女性の例が挙げられているだけだ（55）。

ウェストン夫人とガース夫人はマイナー・キャラクターで、ウルストンクラフトの思想の影響を探る従来の研究では一度も焦点が当てられたことがない[6]。しかし、ここでは、次に、家庭教師から主婦になった二人の女性の描き方の比較を通して、ウルストンクラフトの遺産を継いだオースティンとエリオットの違いを浮き彫りにしてみたい。

## 5　アン・ウェストン夫人（旧性テイラー）の場合

▼イメージ通りでない家庭教師

アン・テイラーの生まれや背景は明記されていないが、おそらくジェイン・フェアファックスのような境遇であり、かつまた「人に敬われるような生計の手段」（*E* 175）として、子どもを教えるに足る、たしなみ教育以上の教育を受けてきたと推定される。家庭教師の職は通常その必要がなくなると、『マンスフィールド・パーク』のミス・リーのように解雇される。だが、ミス・テイラーは、初めはイザベラとエマ姉妹の亡くなった母親代わりとして、イザベラの結婚後は、エマの「友人かつ仲間」として「対等の間柄」（*E* 4）になり、エマが家庭教師を必要としない年齢になってからもウッドハウス家に雇われ続け、エマの父親からも家族の一員として見なされるほどだった。それに加えて、ミス・テイラーは、自分よりも社会的地位が上で、最初の妻を亡くしたあと財を築いたウェストン氏と結婚するという、現実にはあり得ない結婚をしただけではなく、彼女の結婚年齢を推定してみても明らかに稀なケースだった［図1―4］。つまり、ミス・フェアファックスが「教育の職につく能力」（175）を身につけたのと同じ年齢の一八か一九歳でウッドハウス家に雇われたとすると、それから一六年間も勤めていたのだから、結婚時には三四歳か三五歳にはなっていたはずだ。さらにまた、結婚後は娘を高齢出産したが、それも「性的興味をそそらない」家庭教師のイメージを裏切っている。

▼従属的な地位

どうしてオースティンはこのように現実ばなれした女性を小説の中に登場させたのであろうか。まず、「かわいそうなテイラーさん」(8) と彼女の結婚を嘆くエマの父親に、ナイトリー氏が次のように応えていることに注目したい。

「失礼ですが、かわいそうなのはウッドハウスさんとお嬢さんです。私は『かわいそうなテイラーさん』とはどうしても言えません。あなたとエマのことをとても尊敬していますが、従属か独立かの問題! となりますとね——いずれにしても、二人を喜ばすよりも一人だけを喜ばす方がましに違いありません。」(*E* 8–9)

図 1–4　ヒュー・トムソン「ウェストン夫人のウェディング・ケーキを一切れ持って」、『エマ』(1896 年)

原文では、ナイトリー氏は「従属か独立かの問題! (the question of dependence or independence!)」で、言葉を途切らせている。これは、ウッドハウス氏とエマがミス・テイラーに「従属」していたのか、それともテイラーは雇い主として「独立」していたのか、ミス・テイラーは雇われているからウッドハウス家に「従属」していたのか、それとも経済的に「独立」していたのか、あるいは、女性にとって、結婚は夫への「従属」になるのか、それとも経済的安定が得られる意味で「独立」なのかなど、「従属」と「独立」が何を指すかは多様な読みを誘う。

ところが、ナイトリー氏ははっきり何を指すのかを示すことなく言い淀んだあとに、「とにかく、二人を喜ばすよりも一人だけを喜ばす方がましに違いありません」と、話をまとめている。「喜ばす(please)」という語は、ウルストンクラフトの『女性の権利』では、男性に対する女性の「従属」を示した。それは創世記に由来し、「あらゆる創造物は男性の便宜か喜びのためにのみ創造されたのだから、妻はくびきのもとで首を下げなければならない」という考えは、男性たちにとってとても都合がよいものだった(95)。だから、ジャン゠ジャック・ルソーをはじめとする男性作家たちはこぞって、「女性教育の趣旨はひたすら一つの点——男性を喜ばせる女性にすること——に向けられるべきである」と説いてきたのだ(96)。ウルストンクラフトのこの視点から右記引用箇所を読むと、ナイトリー氏は、ウッドハウス家での仕事も、ウェストン氏との結婚も、ミス・テイラー(ウェストン夫人)にとってはいずれも従属的な地位であることを暗示していると言えるだろう。二人より一人を喜ばす方が「まし」というだけの違いなのである。ちなみに、家庭教師の地位が従属的というのは、その職の継続が雇い主の善意次第であった当時の現状を反映する。

第五章でも、ナイトリー氏は、ウェストン夫人に向かって、「すばらしい妻」とは、「自分自身の意志を曲げて、命じられたようにする」女性であり、あなたは家庭教師だったときからそういう「妻になる準備をしていた」と述べている(*E* 38)。ジャネット・トッドによれば、これは、ナイトリー氏がオースティンやウルストンクラフトが嫌ったコンダクトブックに描かれたような家父長制的な結婚観の持ち主であることを示すという（215）。しかし、本章では、この箇所も、家庭教師と妻が同じく従属的な地位にあるのが現状であると暗示していると解釈したい。

### ▼家庭教師と母親の類似

『エマ』では、こうした独身の家庭教師と既婚女性に共通する抑圧的な現状だけではなく、さらに両者の類似が肯定的にも示される。ミス・テイラーは「聡明で博識で有能で上品」（*E* 4）、「理性的で気取らない」（12）という、まさにウルストンクラフトが理想とするような女性だったが、ナイトリー氏も述べているように、それらはすべて望ましい妻の資質でもある。ウェストン氏にとって、彼女はハイベリーの近くの荘園を買う気にさせてくれた人であり、「判断が適切で、本当に気立てのよい」彼女と結婚できたことはこの上ない幸せであった（15）。

また、ミス・テイラーは代理母としてエマを教えたが、そうした家庭教師の職と母親の役目の類似も示される。ナイトリー氏は、ウェストン夫人が家庭教師時代、エマに「空想を理解力に服従させること」や「あなたの望む半分の量の本も読ませることができなかった」（37）、「あなたの力から期待できると思われるような完全な教育を、エマに与えなかったかもしれない」（38）などと、彼女が家庭教師としては不適だったと指摘している。しかしながら、逆に言えば、ミス・テイラーの教育とは、空想よりも理解力を育み、本をたくさん読ませることであったこと、そして、彼女にはエマに「完全な教育」を施すだけの教養があったということを指しているだろう。だから、エマは一四歳のとき、読みたい本のリストをつくるほどになっていたのだ。

## ▼知性ある女性による女性教育

こうしたミス・テイラーの教育がエマによい影響を与えたことは、小説の終盤の第三巻第一七章で、ナイトリー氏自身が、第一巻第五章で行ったミス・テイラーに対する自らの評価を修正し、エマに次のように言ったことから明白である。

「自然はあなたに理解力を授けました——テイラーさんはあなたに指針を授けました。あなたは立派にやってきたはずです。」(*E* 504)

エマは生来的に知力を持っているが、ミス・テイラーはその知力を運用するための指針を示した。ミス・テイラーの教育は女性の知力を適切に伸ばしたのである。

家庭教師として子どもを適切に教える能力は、母親としての育児や教育能力につながる。第三巻第一七章では、ウェストン夫人が娘を出産したとき、エマは、当時ヨーロッパ中でその名を轟かせていたフランスの作家ステファニー＝フェリシテ・ジャンリス夫人の一七八二年に出版され、翌年に英訳された書簡体小説『アデレイドとテオドール——または教育に関する書簡』に言及する。

「彼女［ウェストン夫人］は、私で教育実習したという利点があるのですからね」と、エマは続けた——「ジャンリス夫人の『アデレイドとテオドール』の中で、アルマーヌ男爵夫人がオスタリス伯爵夫人に行ったように。私たち［エマとナイトリー氏］はこれから、彼女の小さなアデレイドがもっ

と完全な計画で教育されるのを見ることでしょう。」(*E* 503)

エマによれば、ウェストン夫人はアルマーヌ男爵夫人、エマはアルマーヌ男爵夫人が結婚後養女にした女の子(のちのオスタリス伯爵夫人)、そして、ウェストン夫人の生まれたばかりの娘はアルマーヌ男爵夫人の娘アデレイドに相当する。

この箇所のあとのエマとナイトリー氏の会話では、アルマーヌ男爵夫人の教育は子どもを甘やかす類のものに聞こえる。ところが、『アデレイドとテオドール』では、アルマーヌ男爵夫人はむしろ厳格に養女を育てたこと、そのために養女は一五歳にして最も卓越した「才能、知識、性質」(Genlis 7)をもつ完璧な女性に育ち、よい縁談が約束されたことが描かれている。完璧な女性の点で、養女とエマとはかなり隔たりがあるのである。そのことは、『アデレイドとテオドール』の読者なら誰でも気がつくので、オースティンがエマを通してこの流行本に言及するということは、明らかにアイロニーの効果を狙ったものであろう。しかし、ウルストンクラフトが『アデレイドとテオドール』について、それは「たくさんの有益な助言を与えてくれるので、分別ある親たちはその助言をきっと役立てるだろう」(173)と称賛したことを思い出せば、オースティンの隠れた意図が浮かび上がる。アルマーヌ男爵夫人は、基本的にルソーの教育論に従うが、彼のジェンダー別の教育と違って、娘のアデレイドにも息子のテオドールと同じく知性を育む教育や身体教育を施した。こうしたジェンダー差のない教育法は、まさにウルストンクラフトも唱えたものである。そしてそれこそがエマのいう「もっと完全な計画」に基づく教育に違いない。

オースティンは、代理母としてエマを教えていたミス・テイラーがウェストン夫人になり、そして自らの娘を出産し、その娘をアルマーヌ男爵夫人のようにきちんと養育・教育するであろうという話を通して、ウルストンクラフトが主張したような自活できるほど知性のある女性こそが結婚相手にふさわしいこと、そういう女性は子どもに対して養育や教育という母親としての社会的役割をきちんと果たすことができることを示したと言える。

## 6　スーザン・ガース夫人の場合

### ▼知的な女性としての自負

『ミドルマーチ』では、家庭教師に対するヴィクトリア朝時代の一般的な態度が、ヴィンシー夫人の口を通じて、読者に示される。ヴィンシー夫人は、結婚前に家庭教師をしていたスーザン・ガース夫人を、「生計のために働かなければならなかった女性」（*M* 228）と蔑んだ。ヴィンシー夫人の考えでは、「リンドリー・マレー［の英文法書］やマングナルの『質問集』について熟知しているということは、織物商がキャラコの商標を区別するとか、旅行の従者が諸外国についてよく知っているようなもので、裕福な女性は誰もそんな知識なんか必要ない」のだ（228）。

小説に登場時点で中年のガース夫人がケイレブ・ガースといつ、どのように結婚したのかは不明である。しかし、オースティンのウェストン夫人のように、家庭教師になる前に、人を教えることができ、それによって金を稼ぐことができる教育を受けてきたことは明らかである。そしてガース夫人もまた一九世紀の家庭教師のイメージを裏切っている。彼女は、四人の息子と二人の娘を生み育てた母親であるだけではなく、長女のメアリよりも「器量がよく」、「優雅な目鼻立ち」で、「青白い肌」をしていた（240）。ウェストン夫人と違うのは、ガース夫人が知的な女性としての自負をかなり強く持っていることである。ヴィンシー夫人に陰口をたたかれても、ガース夫人本人は、「ミドルマーチのたいていの既婚女性」よりも自分の方が「間違いなく教養がある」ことを誇りに思っていた（238）。そして、他の女性たちのように、稼ぎが悪いと夫の悪口を言うようなことはしなかった。むしろ、「夫の美徳をあがめていたので、彼が自分の利益を気にかけることができないことについてはずっと前から腹をくくり、楽しそうに後始末をしてきた」（238）。つまり、牧師のフェアブラザー氏によれば、彼女は、「本当に男を手助けして、もっと楽に暮らせるようにしてくれる」ような「良い奥さん」で、ガース氏は「奥さんなしでは、難局を切り抜けることはとてもできなかった」のである（171）。

▼次世代の規範となる自覚

ガース夫人は夫を精神的に助けるだけではなく、経済的にもサポートする。すなわち、彼女は自分の子どもたちだけではなく、近隣の子どもたちに初等教育を施し、わずかながらも収入を得て、長男の学費のために「九二ポンド」（*M* 242）貯金している。これは「デイムスクール」と呼ばれる、女性が自宅で行う私塾である（Gargano 116）。

看過できないことに、ガース夫人は、生徒たちを教えながら、家事をする。あるいは、家事をしながら、生徒たちを教える。語り手は、その理由を次のように述べている。

家庭教師から主婦になったという経歴を、彼女は少々強く意識していた。自分の文法やアクセントが町民たちの標準より上であるのに、質素な帽子をかぶり、家族の食事を料理し、家中の靴下を繕っているのだということを忘れることはめったになかった。時には、生徒たちをとって、逍遥学派のやり方で、教科書や石板をもたせて、台所の中を歩き回る彼女のあとをついてこさせた。生徒たちの不注意な間違いを「見ないで」訂正しながら、石鹸をよく泡立てて洗い物をすることもできるのを、彼らに見せること——袖を肘の上までたくし上げている女性が、「仮定法」や「熱帯」について何でも知っているかもしれないこと——つまり、女性が役立たずの人形ではなくて、「教養」があり、動作・状態・結果などを指す抽象名詞で、強く発音するにふさわしい立派な事柄にも通じているかもしれないということを見せることは、彼らのためになると、彼女は思っていたのだ。(*M* 239)

元家庭教師としての自負をもつガース夫人は、知的な女性こそが家事を完璧にこなす主婦になること、そして決して「役立たずの人形」にはならないことを、生徒たちに身をもって示すことが「彼らのためになる」と思っていた。「役立たずの人形」とは、「マーガレット・フラーとメアリ・ウルストンクラフト」中の「神殿の中の人形のマドンナ」と同じであることは言うまでもない。ウルストンクラフトは、女性は「夫が生きている間、自分の生計を彼の賜金に頼ってはいけない」(216)と述べるとともに、知的な女性こそが家庭管理や子どもの育児・教育という女性の社会的役割を十全に果たすと主張していた。ガース夫人はまさにウルストンクラフトの理想の既婚女性である。だが、それだけではない。まさに「模範的なガース夫人」（*M* 239）自身が、次世代の女性にとって模範となる女性になることを自覚しているのである。

▼平等の婉曲的な主張

とはいえ、エリオットは、「マーガレット・フラーとメアリ・ウルストンクラフト」におけるのと同じように、『ミドルマーチ』でも想定読者の男性を刺激しないように細心の注意を払っている。(7) ガース夫人や語り手は、ウルストンクラフトのように、男女平等を声高に訴えることはしていない。むしろ、ガース夫人の「意見」では、女性とは、男性に「完全に従属するように形作られたものだった」（*M* 238）と、語り手は、彼女があたかも既存の男性優位の社会構造を受け入れているかのように語る。しかしながら、「形作られた（was framed）」であって、「作られた（was made）」もしくは「創造された（was created）」ではないことに注目すると、女性の従属は神によってそのように定められた、生まれながらのものというよりもむしろ、社会や教育によってそういう概念がこしらえられたという意味が込められていると読むことができるであろう。また、語り手は、近隣の女性たちに対し厳しくなりがちなガース夫人を、「非の打ちどころのない女性がどこにいるのだろうか」と擁護しているが、その一方で、「彼女は男性たちの失敗には異常に甘く、それは生まれつきなのよと言うことがよくあった」、と語っている（238）。これは、男性も女性と同じように生まれながらに完璧な人間ではないと認めることによって、両性が人間として同じであることを暗示しているようである。

さらに、「終曲《フィナーレ》」では、ガース夫人の末息子のベンと末娘のレッティが男の子と女の子のどちらが優れているかについて口論したとき、ベンは、「男の子の方が女の子より優れているって言って、と母親に懇願した」(820)。これに対し、ガース夫人は、「両方とも同じように悪戯をするけれど、男の子の方が疑いもなく力がもっと強いし、もっと速く走るし、もっと正確にはるか遠方までボールを投げることができる」(820)と答えた。ガース夫人はここで、男女の知力の優劣を問う質問には答えていない。代わりに、ウルストンクラフトのように(Wollstonecraft 155)、体力には性差があるということだけを認めている。男女の知力の優劣の話題をこのように巧みにはぐらかし、どちらの性が優秀であるかを明言することを避けることによって、婉曲的に、彼女は、知力においては性差がないことを仄めかすのである。

## 7　ウルストンクラフトの遺産

以上のように、オースティンもエリオットも、女性の教育と生活の資の関連についてのウルストンクラフトの考えを、それぞれの小説に登場する女性たちの生き方に投影させた。

オースティンは、一八〇四年頃執筆した未完の作品「ワトソン家の人々」で、財産のない独身女性が直面する困難さを描いたとき、姉よりもよい教育を受けた妹のエマ・ワトソンに、お金のために「好きでもない男性と結婚するくらいなら、学校の教師(教師ほど酷い仕事はないと思うけれど)になるほうがましだわ」(83)、と発言させていた。しかし、一八一五年の『エマ』では、そうした幻想は語られていない。代わりに、ハリエット・スミスやジェイン・フェアファックスの描写を通して、一九世紀初期の中流階級の女性たちにとって、結婚以外で生活の資を得ることがいかに困難であるかという、当時の女性たちの現状をつきつけた。これがのちの女性運動を引き起こす間接的な引き金になったことは間違いない。

オースティンはまた、家庭教師から主婦になった稀有なケースのウェストン夫人の描写を通して、家庭教師として経済的に自立できるほどの教育を受けた知的な女性こそが、家庭内で娘を立派に育てるという、ウルストンクラフトが理想とする母親の教育的役割を十全に果たすことを示した。しかし、家庭管理などはどのようにしていたかについては詳しく記されておらず、その意味で、ウルストンクラフトの理想の既婚女性かどうかは判断しかねる。

一方、エリオットは、『ミドルマーチ』において、女性の生活の資や結婚内での女性の役割に関して、オースティンよりも踏み込んでウルストンクラフトの考えを織り込んだ。これは、さまざまな女性運動の動きを刻々と知っていたエリオットの方が、女性の経済的自立に関して、より身近で、実現可能な考えだったからだと思われる。ガース夫妻は共稼ぎで、ウルストンクラフトの理想とする平等な関係を築いているし、ガース夫人は子どもたちに対する教育の役割も十全に果たし、長女のメアリを経済的に自立できる女性に育てている。さらに、学校教師の職が決まったメアリが実際には「教室」ではなく「その外の世界」(*M* 390) の職業に就きたいと願っているのは、女性の職業の選択肢の拡大を望んだウルストンクラフトの気持ちを反映していると言える。そして、何よりも注目したいのは、ガース夫人自身が、自活できるだけの教養を持っていることを誇りに思い、そういう女性こそが家庭においても役に立つということを後の世代に伝えようとしていることだ。こうした既婚女性の登場は、一九世紀中頃以降の女性運動の進展の賜物と思われる。

＊本章は、JSPS 科研費 JP19H01242, JP20K00425 の助成を受けたものである。

## 注

（1）ただし、エリオットの書評は『一九世紀の女性』の一八五五年版に言及している。また『女性の権利』は一八四四年に修正版の第三版が出版されたが、エリオットは「一七九六年以来、一度も新版が出ていない」（"F&W" 201）と述べている。

（2）スミスは、結婚後の姓のボディションの方が知られているが、結婚したのは『女性と労働』出版三か月後の同年七月なので、本章では結婚前の姓で言及する。

（3）既婚女性財産法成立までの詳しい経緯については、Holcolm; Strachey 73–76, 273–76 を参照。

（4）ニコラス・マギンやジェイン・スカイ・ズィロトニィが言及するエリオットの一八五〇年代から七〇年代までの手紙を参照（McGinn 193–94, 205n43–44; Szirotny 26–28, 30）。

（5）K・M・ニュートンによれば、エリオットの小説の語り手は全能の話者というより、作品の中のペルソナで、小説の中の登場人物を現実に知っているかのように語り、解説を加えている（"Narration" and "The Role"）。従って、『ミドルマーチ』中の当該箇所（「結婚したらすぐに全部わきにのけられてしまうたしなみごとなんか、何の役に立つだろうか?」）は、語り手が付け加えた解説として読める。

（6）ウルストンクラフトの影響の視点からオースティンの小説を論じた従来の研究としては、Hoeveler, Nandana などを参照。エリオットの小説については、McCormack, Waddle などを参照。

（7）キャスリーン・マコーマックによれば、『ミドルマーチ』の想定読者が男性であることは、第一部第一章で、ドロシア・ブルックの信心深さに対する男性の反応を、「こんな妻なら、ある天気のよい朝に、彼女の収入の用途の新しい計画であなたを起すかもしれない」（*M* 9）と、第二人称で記していることからわかる（605）。

# 参考文献


Austen, Jane. *The Cambridge Edition of the Works of Jane Austen*: *Emma*. Edited by Richard Cronin and Dorothy McMillan, Cambridge UP, 2005.

——. *The Cambridge Edition of the Works of Jane Austen: Sense and Sensibility*. Edited by Edward Copland, Cambridge UP, 2006.

——. "The Watsons." *The Cambridge Edition of the Works of Jane Austen: Later Manuscripts*, edited by Janet Todd and Linda Bree, Cambridge UP, 2008, pp.79–136.

Broughton, Trev, and Ruth Symes, editors. *The Governess: An Anthology.* St. Matin's Press, 1997.

Eliot, George. "Margaret Fuller and Mary Wollstonecraft." *Leader*, no.6, 13 October 1855, pp. 988–89. *Essays of George Eliot,* edited by Thomas Pinney, Routledge, 1963, pp.200–06.

——. *Middlemarch: A Study of Provincial Life*. 1874. Edited by David Carroll, Oxford UP, 1986.

Gargano, Elizabeth. "Education." *George Eliot in Context*, edited by Margaret Harris, Cambridge UP, 2013, pp.113–21.

Genlis, Stéphanie-Félicité, de. *Adelaide and Theodore, or Letters on Education*. 1783. Edited by Gillian Dow, Pickering, 2007.

Hoeveler, Diane. "Vindicating *Northanger Abbey*: Mary Wollstonecraft, Jane Austen, and Gothic Feminism." *Jane Austen and the Discourses of Feminism*, edited by Devoney Looser, Macmillan, 1995, pp. 117–35.

Holcolm, Lee. "Victorian Wives and Property: Reform of the Married Women's Property Law 1857–1882." *A Widening Sphere: Changing Roles of Victorian Women*, edited by Martha Vicinus, Indiana UP, 1977, pp. 3–28.

Hughes, Kathryn. *The Victorian Governess*. Hambledon Press, 1993.

Hume, Robert D. "Money in Jane Austen." *The Review of English Studies*, vol. 64, no. 264, Oxford UP, 2013, pp. 289–310.

Janes, R. M. "On the Reception of Mary Wollstonecraft's *A Vindication of the Rights of Woman*." *Journal of the History of Idea*, no. 39, 1978, pp. 293–302.

Johnson, Claudia L. *Equivocal Beings: Politics, Gender, and Sentimentality in the 1790s: Wollstonecraft, Radcliffe, Burney, Austen*. U of Chicago P, 1995.

McCormack, Kathleen. "The Sybil and the Hyena: George Eliot's Wollstonecraftian Feminism." *Dalhousie Review*, vol. 63, no. 4, 1984, pp. 602–14, http://hdl.handle.net/10222/60544.

McGuinn, Nicholas. "George Eliot and Mary Wollstonecraft." *The Nineteenth-Century Woman: Her Cultural and Physical Worlds*, edited by Sara DeLamont and Lorna Duffin, Barnes and Noble, 1978, pp. 188–207.

Nandana, N. G. "Emphasis on Education in Jane Austen's Novels." *International Journal of Scientific and Research Publications*, vol.2, no. 3, Mar. 2012, https://www.ijsrp.org/research_paper_mar2012/ijsrp-Mar-2012-43.

Neff, Wanda F. *Victorian Working Women: An Historical and Literary Study of Women in British Industries and Professions 1832–1850*. 1929. Routledge, 2010.

Newton, K. M. "Narration in *Middlemarch* Revisited." *The George Eliot Review*, no. 42, 2011, https://georgeeliotreview.org/.

——. "The Role of the Narrator in George Eliot's Novels." *The Journal of Narrative Technique*, vol. 3, no. 2, 1973, pp. 97–107. *JSTOR*, http://www.jstor.org/stable/30225518.

Scheuermann, Mona. *Her Bread to Earn: Women, Money, and Society from Defoe to Austen*. 1993. UP of Kentucky, 2015.

Smith, Barbara Leigh. *A Brief Summary in Plain Language of the Most Important Laws Concerning Women*. 2nd ed., London, 1856. Andesite Press, n.d.

——. *Women and Work*. London, 1857. *Google Books*, https://books.google.co.jp/books/about/Women_and_Work.html?id=dR9eAAAAcAAJ&redir_esc=y.

Strachey, Ray. *The Cause: A Short History of the Women's Movement in Great Britain*. 1928. Virago Press, 1978.

Szirotny, June Skye. *George Eliot's Feminism: "The Right to Rebellion."* Palgrave Macmillan, 2015.

Todd, Janet. "Jane Austen and the Professional Wife." *Repossessing the Romantic Past*, edited by Heather Glen and Paul Hamilton, Cambridge UP, 2006, pp. 203–25.

Tomalin, Clare. *Jane Austen: A Life*. 1997. Vintage Books, 1999.

Vlasopolos, Anca. "Mary Wollstonecraft's Mask of Reason in *A Vindication of the Rights of Woman*." *Dalhousie Review*, no. 60, 1980, pp. 462–71.

Waddle, Keith A. "Mary Garth, The Wollstonecraftian Feminist of *Middlemarch*." *Henry Lewes Studies*, no. 28/29, 1995, pp. 16–

29. *JSTOR*, www.jstor.org/stable/43595509.

Wollstonecraft, Mary. *A Vindication of the Rights of Woman. The Works of Mary Wollstonecraft*, edited by Janet Todd and Marilyn Butler, vol. 5, Pickering, 1989, pp. 61–266.

## 図版出典

図1－1　John Opie, “Mary Wollstonecraft.” c. 1797.
National Portrait Gallery, London.
https://www.npg.org.uk/collections/search/portrait/mw02603/Mary Wollstonecraft?LinkID=mp01807&role=sit&rNo=0

図1－2　Samuel Laurence, “Barbara Leigh Smith Bodichon.” 1861. National Portrait Gallery, London.
https://www.npg.org.uk/collections/search/portrait/mw127603/Barbara-Leigh-Smith-Bodichon?LinkID=mp00463&role=sit&rNo=2.

図1－3　W. L. Taylor, “Dr. Lydgate and Rosamond.” 1888.
George Eliot Archive, edited by Beverley Park Rilett, https://GeorgeEliotArchive.org.

図1－4　Hugh Thomson, “With a slice of Mrs. Weston’s wedding-cake.” *Emma* by Jane Austen, London, 1896, p.14.

# 第2章
# 少女は小説家の母である
## ――初期作品からみるオースティンとエリオット

土井良子

ジェイン・オースティンとジョージ・エリオットはともに、初めて小説を出版した時には三〇代後半にさしかかっていた。しかし、彼女たちが創作を始めたのはそれより二〇年以上も前、まだ一〇代前半の少女時代である。作家のこうした子ども時代の作品、いわゆる「初期作品(juvenilia)」や「若書き(childhood writings)」と総称される作品[1]については二〇世紀以降、その作家の大人になってからの作品との関係や、作品それ自体を対象とする研究が行われるようになった。ただし、「キャノンを構成する名だたる作家たちが子ども時代に書いたものは、批評家からも編集者からもいまだに本来の価値に見合うだけの注意を払われていない」(Alexander, Introduction 7)。

## 1 オースティンとエリオットの初期作品

▼初期作品研究の意義

こういった初期の創作を研究する際、特に考慮すべきなのが先行作品との関係である。アレグザンダーは若い作家が自分のスタイルを培うためには、まず先輩作家の模倣から学ぶという段階を経ることが重要だと主張する。「模倣は作り直すこと、他の誰かのスタイルで書くことを含む。そして自分自身のスタイルを開発するまで、模倣こそまさに全ての作家がすることだ。私たちは模倣によって学ぶのである」(“Defining” 77)。模倣は先行作品の単なる複製ではなく創造的なプロセスを伴い、作家としての成長に必要な作業だと考えるべきだというのである。

一九世紀イギリスの作家の中でブロンテ姉弟(シャーロットとブランウェル)とジェイン・オースティ

ンの初期作品についてはかなり研究が進んできていることは、アレグザンダーも認めている（Introduction 2）。オースティンの初期作品としては、一〇代の頃に作品集の体裁で第一巻から第三巻と表紙に記したノートが残されており、ケンブリッジ版全集にはこの三冊がまとめて『初期作品集』として収められている。一方エリオットについては初期作品がほとんど残っていないものの、オースティンと同じように小説の断片が書き込まれたノートが発見されている。

本章ではオースティンとエリオットの少女時代の作品に注目し、それぞれが先行作品をどのように手本／反手本として模倣し、創作に利用したかを検討する。オースティンは初期の「小説」に感傷小説やロマンスの文学的慣習を取り入れ、エリオットはウォルター・スコット流の歴史小説の創作を試みた。またエリオットについては少女期の作品ではないものの、最初の出版作にはオースティンを模倣していると考えられる要素がある。どちらの作家も模倣を出発点に、独自の創作に成功している。先行作品、初期作品と後年の出版作品の持つ特徴との差違もしくは連続性について考えることは、それぞれの小説家としての成長を理解する手がかりとなるだろう。

### ▼「女性作家」代表としてのオースティン

ジェイン・オースティンの小説が出版された一九世紀初頭、彼女の作品の価値を最初に認めた文学者は、同時代の人気作家ウォルター・スコットであった。(2) 一八一四年の『ウェイヴァリー』に始まる歴史小説で人気を博していたスコットであるが、無記名のこの書評では、『エマ』は日常的な出来事や登場人物に密着しつつ、非日常を描いた作品に劣らず独創性に富んで刺激的であると高く評価した（Southam

63）。

ジルソンがまとめたオースティン関連文献リストによれば、以降スコットは晩年まで、オースティンに惜しみない賛辞を捧げており、自らの作品とは異なる長所を彼女の小説に認めていたことがうかがえる（473–78）。たとえば一八二六年三月一四日付の日記では、『高慢と偏見』をこれで少なくとも三度目に読み直したと記したうえで、オースティンには「平凡な生活の中の活動や感情、人物を描く才能がある。これほど素晴らしい才能に出会ったことはない」と彼女の描写の細やかなリアリズムを賞賛する。そして彼女と自分自身の作品を比較して「今どき出ている大げさなものなら私にも書けるが、よくあるありふれた物事や人物を、その描写や感情の真実味によって興味深いものにする精妙な筆致は私には欠けている。このような才能ある人物がこれほど早く世を去ってしまったとは、何たる無念！」（Southam 106）と嘆いている。その二週間後の日記では、ある男性小説家の現実社会の描写に不満をもらし、こういった描写については男性より女性のほうがはるかに優れているとして、オースティンを含む三人の女性作家の名前を挙げている（Gilson 475）。つまりスコットは、身近な現実の生活を写し取る力に秀でていることを女性作家の特質の一つとみなし、オースティンをその代表として評価しているといえる。

またジョージ・ヘンリ・ルイスは、スコットの後を継ぐかのように一八四〇年代半ばから五〇年代にかけて、オースティンを賞賛する多くの文章を残した。その評価もまた、スコットと大きく重なっている。

想像力を用いるあらゆる作家の中で彼女は最も現実味にあふれた作品を書く。彼女は決して自分自身の実際の経験を超えることはなく、他人が経験していないものを描くことも絶対にない。ここに、文学の第一の特質が認められる。第二の、そしてさらに特別な、女性らしさという性質が作品のトーンや視点の中に認められる。この小説は、女性、英国人女性、ジェントルマン階級の女性によって書かれたものであり、どんな署名を使ってもその事実を覆い隠すことは不可能だろう。そして（無意識にではあるが）自分の女性らしい視点を忠実に守り逸脱しなかったからこそ、彼女の作品は長く残るのである。……最も真実味があり、魅力的で、ユーモアがあり、純粋な心を持ち、ウィットに富み、誇張のない作家として、女性の文学は彼女を誇りに思うはずだ。（Southam 141、強調原文のまま）

『ウェストミンスター・レビュー』一八五二年七月号の匿名記事「女性作家たち」の中で、ルイスはこのようにオースティンの小説の特徴を列挙し、これぞジェントルマン階級の淑女が書くにふさわしい作品と絶賛している。ここにもやはり、女性の書く小説の特質は日常生活や人間心理の細やかな描写にあるという暗黙の前提が読み取れ、オースティンはその代表格とみなされている。

しかし彼らが、当時まだ存在を知られていなかったオースティンの一〇代の作品を読んだなら、女性らしい作家のお手本という上記の評価とは全く異なる印象を持ったに違いない。本章ではオースティンの『初期作品集』の中でも早期に書かれた第一巻の二つの短編小説からその特徴を検討し、さらに最後の第三巻に書き込まれた「キャサリン、あるいは東屋」を経て、ルイスらが激賞する女性らしい作品へとそれがどう変容しているかを確認したい。

## ▼ジョージ・エリオットの初期作品

一方、後にジョージ・エリオットを名乗るマリアン・エヴァンズも同じように、一〇代半ばの頃ノートに小説の断片を創作していた。ゴードン・ハイトの書いた伝記によれば、ジョージ・エリオットの「知られている中で最も早期の原稿」は一九四三年に発見された一冊のノートであった（552)。学校でフランス語の勉強中だったことを反映してか、フランス語風の綴りでマリアン・エヴァンズ（Marianne Evans）とサインされたこのノートには、「一八三四年三月一六日」の日付とともにお気に入りの詩の写しや小説の断片が書きこまれていた。題名がなかったため、ハイトはこれをエリオットの伝記の「補遺I」として収録する際、主人公の名前を取って「エドワード・ネヴィル」というタイトルをつけ、現在ではこの名前で知られている。

ただし、エリオット自身が小説家としてのキャリアの出発点で書いた一八五七年の日記「いかにして私は小説執筆に至ったか」では

> いつか小説を書くことは私の長年の漠然とした夢であった。その小説がどんなものになるかについてのぼんやりした考えは、もちろん、人生のある時期から別の時期に移るにつれ変化した。しかし、スタフォードシャーの村と近隣の農家の生活を描いた序章を書くところまではいったものの、実際に小説を書くまでには至らなかった。(*Journals* 289)

と振り返っており、「エドワード・ネヴィル」にはふれていない。このエッセイには初の出版小説となっ

た『牧師たちの物語』の執筆と出版の経緯が中心的に述べられている。ただ一方で「小説」の内容は時期によって変化したと認めていることから、当時の三〇代後半のエリオットにとって「小説」と呼ぶに値するものでなかったとはいえ、「エドワード・ネヴィル」を人生の最も早い時期に書こうとした小説とみなすことは可能であろう。

エリオットの場合は「エドワード・ネヴィル」一編しか少女期の小説が発見されていないため、オースティンのように初期作品からの流れを論じることは残念ながら困難と言わざるを得ない。しかし、「エドワード・ネヴィル」と、『牧師たちの物語』やそれと同時期に『ウェストミンスター・レビュー』に寄せた評論とを比較することで、小説家エリオット誕生の道筋をたどる手がかりを得られるのではないだろうか。

またエリオットが小説家としてデビューした時期は、夫ルイスが前述の通りオースティン作品への賞賛を繰り返し述べていた時期と重なる。二人の日記には一緒に読んだ本としてオースティンの作品が度々言及され（*Journals* 65, 69, 275, 279）、ハイトは「ジョージ・エリオットはそれらの大多数を以前読んだことがあった」と述べている（225）。そこで本章では、オースティンの影響が『牧師たちの物語』にも受け継がれているのではないかという点について、同書に収録された最初の短編「エイモス・バートン師の悲運」（以降、「エイモス」と略記）を例に取り上げて検討する。

## 2 「女性作家らしく」ないオースティン

## ▼『初期作品集』の「小説」

最初に、オースティンの初期作品の特徴について指摘しておきたい。『初期作品集』には様々なジャンルの作品が書き込まれている。オースティンは断片的な未完の作品にまで家族や親しい友人などに向けた大げさな献辞をつけ、タイトルや献辞の中で作品を「小説（novel）」、「物語（tale）」、「喜劇」、「歴史」等と銘打っている。つまり、少女時代のオースティンは意識的に自分が読んでいた色々なジャンルでの創作を試みたと言える。

その中で「小説」とオースティン自身が名付けている作品はもっとも数が多く、全二七編のうち九編、つまり三分の一を占めている。実際の作品は断片や小品も多く、冗談半分にわざと大げさな呼び名を用いたことは容易に想像されるが、それでもこのことは小説家オースティンの自己形成を考える上で重要であろう。オースティンは生前出版した『分別と多感』から『エマ』までの四作品全てについて、同様に「小説（A Novel）」と副題を付けた（Looser 3）。ここから、彼女が「小説」を創作しようとする明確な目的意識を一貫して持ち続けていたことが窺えるのである。

しかし初期の「小説」は、主要六作品とは全く異なる特徴を持つ。多くの登場人物が作者にとって身近なジェントルマン階級に属する点は共通しているものの、その言動は長編小説にみられる日常的な現実の精緻な描写とはかけ離れている。当時の女性は男性より厳しい礼儀作法や道徳上の制約を受けていたが、一〇代のオースティンが描くヒロインをはじめとする女性登場人物はそれをものともせず大胆不敵な行動に出る。スコットやルイスが褒めちぎった「女性らしい作家」の作品とはとても思えないが、若きオースティンは文学的慣習や社交のマナーをパロディ化し、読者の笑いを誘っていると言える。(3)

▼「ジャックとアリス」における感傷小説のパロディ

たとえば、『初期作品集』の中で最も早い時期の一七八七年から九〇年頃に書かれた「小説」では、三人称の語りによるロマンスや小説のパロディが目立つ。一二歳の時の作品「ジャックとアリス」では、オースティンが愛読したサミュエル・リチャードソンの感傷小説『サー・チャールズ・グランディソン』がパロディの対象となっている(*Juve.* 383, n. 5)。この作品の中で最も優れた美貌の持ち主は女性ではなく、リチャードソンの有徳の主人公と同名のチャールズ・アダムズという男性である。グランディソン同様、彼もその魅力で出会った女性を次々と虜にしてしまうが、異なるのはその魅力に対する自己評価である。ある紳士が自分の娘アリスとの結婚を持ちかけると、チャールズは自分の美点を列挙する。

「私は自分を完璧な美形だと考えております——私以上に立派な容姿や魅力的な顔立ちがどこに見られるでしょうか? それに、私の物腰や話し方はこれ以上ないほど洗練されていると思います。……気質は穏やかで、徳目は枚挙にいとまがなく、比類なき立派な性質を持っています。これほどの人物に対して、お嬢さんと結婚してほしいとおっしゃるとはどういうおつもりですか?」(*Juve.* 28)

この台詞は内容もトーンも、サー・チャールズ・グランディソンに対する女性登場人物たちの賛辞と類似している(*Juve.* 392, n. 77)。しかしオースティンは発話の主体を第三者からチャールズ自身に変更し、一人称で語らせた。この操作により彼の傲慢さと自己愛の強さが露呈し、自分の吹聴する美徳を自分で裏切る皮肉な結果となって読者の笑いを誘う。

このようにオースティンは創作の早い時期から、自分の読んでいた小説の文学的慣習をパロディという形で批判的に模倣した。ここで用いられた、登場人物の自己評価と実際の言動の乖離を描写して自己矛盾や欺瞞を明らかにするという諷刺の手法は、後の長編においても度々効果を発揮している。前述の通り、子どもの作家は先行作品の模倣から多くを学ぶことができるが、それは必ずしも先行作品を全面的に肯定しその通りに真似ることではない。バイロンとオースティンの初期作品について論じたブラウンスタインは、バイロンと違いオースティンの場合は「手本となる作品に反した」「批判的な書き直し」(126)を行ったと指摘している。先行作品の非現実的な人物造型のパロディ化を通じて、オースティンは後年の長編でも生かされる諷刺の技法を身につけたと言える。

一方この作品に登場する女性たちもまた大酒飲み、家出娘、毒殺犯、入水自殺者等と、当時の女性の行動規範にあえて抵抗するようなはずれた外れの逸脱行為を繰り広げる。たとえば、本作のヒロインはタイトルにも名前が入っているアリス・ジョンソンと想定される。しかし、賭博とお酒に目がなく、酔っぱらって年上の貴婦人と口論した挙句に手をあげそうになるアリスは、感傷小説の徳の高いヒロインとは似ても似つかぬ人物である。チャールズ・アダムズに恋焦がれる彼女は父親に頼み込んで彼に求婚してもらうが、すでに引用したようにきっぱりと拒絶される。すると「不運なアリスは父親から自分の訪問が不首尾に終わったという悲しい顛末を聞き、落胆に耐えられなかった――彼女は自分の酒瓶に飛びつき、失望はすぐに忘れられた」(*Juve.* 29)。前半は定石通りの展開だが、ダッシュの後でヒロインの悲しみはお酒の力でさっさと忘れられる。こうしてオースティンは、感傷小説の繊細なヒロインが大げさに悲嘆にくれる様子についてもパロディ化し、笑いを誘っている。

### ▼「ヘンリとイライザ」におけるロマンスのパロディ

ほぼ同じ時期に書かれた「ヘンリとイライザ」は感傷小説ではなくロマンスの展開に倣って、ヒロインの冒険と家への帰還を描いている。ロマンスの定番通り、ヒロインのイライザは干し草の山で見つかった捨て子という設定で、親切な養父母の元で美徳の化身として成長する。だがここからの展開はロマンスと異なり、あらゆる美徳を備えたはずのイライザは養い親のお金を盗んで家を追い出される。ある公爵夫人のコンパニオンとして雇ってもらうことに成功するが、今度は雇い主の娘の婚約者ヘンリと秘密結婚した挙句、公爵夫人の怒りを恐れてフランスに逃避行する。数年後、その夫とも死別してお金に困ったイライザは二人の子どもを連れ、イギリスに帰国したところを公爵夫人の追手に捕まって投獄されてしまう。しかし首尾よく脱獄し、偶然にも養父母と再会を果たしたところで、イライザが彼らの実の娘であったことが判明する。

こうして紆余曲折の末に主人公の身元が判明し、過去の罪もあっさり許され、高貴な家柄と財産を手に入れるという大団円はロマンスの貴種流離譚のプロットを踏襲しているが、オースティンはさらに独自の後日談を付け加えている。「かつてハーコート・ホールでふるっていたのと同じ力を取り戻すや否や、彼女は軍を結成してあの公爵夫人の牢獄を破壊した……そしてその行為によって何千人もの人々から祝福されるとともに、自分自身の心からも拍手喝采を送られたのである」(*Juve.* 45)。こうして物語は締めくくられる。つまり、元々は自分が公爵夫人の娘の婚約者を奪ったことで怒りを買ったにもかかわらず、イライザは徹底的に自分本位の考え方と自己満足を貫いて行動し、反省や罪悪感とは無縁のままである。そしてこの身勝手な行動は笑いの的にこそなるものの、真剣な道徳的批判の対象にはならない。マクマスターが指摘するように、これらの反社会的で行動的なヒロインたちを「われわれが承認すべきでないことは明らかだが、また本気で非難することが場違いになることも明らか」(*Jane Austen* 9)なのである。

ではなぜ、オースティンはこういったヒロインのたくましさや反社会的行動を描いたのか。先行する作品や慣習のパロディというだけでなく、実はヒロインの大胆な行動は経済的な苦境が原因となっていることが多い。イライザも、フランスで夫を亡くしたあと莫大な借金と幼い息子たちを抱えて生活に行き詰まり、公爵夫人に捕まる危険を知りつつもイギリスに帰らざるを得ない。二人の子どもは空腹に耐えかねて母親の指をかじり取り、自分も飢えに苦しむイライザは物乞いに立つ(*Juve.* 43)。

グロテスクに戯画化されているとはいえ、初期作品における孤立した女性の苦境はそのまま、『分別と多感』のダッシュウッド母娘や『高慢と偏見』のベネット母娘ら長編の女性登場人物たちが経験する制約や不安と重なっている。つまり初期作品のヒロインたちの特徴である現実離れした行動力も、その背景には後年の長編のヒロインたち、そして現実の中産階級の女性たちが直面していたのと同じ問題が存在すると言える。だからこそオースティンは、ヒロインたちの自己本位的欲望に基づいた大胆な行動を真面目な道徳的批判の対象として描く代わりに、むしろその現実離れした自由奔放さに解放感を感じ、面白がって創作したのではないか。そして読者に対してもこれらの作品を、感傷小説やロマンス冒険譚のパロディとして、笑いとともに受け入れることを求めているのだと考えられる。

## 3　初期作品から「女性作家らしい」小説へ

### ▼「キャサリン」での変化

では、一〇代後半に書かれ、『初期作品集』の中でもっともリアリスティックで後年の六作品に近いとされる「キャサリン、あるいは東屋」では、このような特徴はどう変化するだろうか。

ヒロインのキャサリン、愛称キティが早くに両親を亡くしているという設定はロマンス的である。しかし、田舎に住む裕福な未婚の叔母に引き取られたキティを取り巻く状況は、どこまでも現実的な閉塞感に満ちている。仲の良かったウィン姉妹が父親の死後一家離散となり、親友を失ったキティは経済的不安こそないものの、保守的で小言ばかりの叔母と二人きりの孤独な生活に退屈しきってしまう。キティにもこれまでの初期作品のヒロインに通じる「活発さと陽気さ」(242)、「熱心さ」(247) はあるものの、彼女たちの破天荒なエネルギーや行動力は描かれない。一方で、これまでの初期作品ではほとんど見られなかった、三人称の語りによるヒロインの細やかな心情描写のおかげで、読者は彼女を共感の対象として見ることができる［図2－1］。

作品の中心は親戚のスタンリー一家の来訪である。招かれざる客として突然現れた、軽薄だが魅力的な長男エドワードは、キティに恋の戯れをしかけて振り回す。姪の男性との接触に対し異常な警戒心を燃やす叔母は、庭の東屋でエドワードがキティの手にキスして走り去るところを目撃して激高し、キティの厚顔無恥な行動は国の秩序の崩壊につながる、と強い言葉で非難する (287)。ここでは今までの初期作品とは逆に、世間知らずの若い女性が現実に経験しそうな小さな失敗が、危険な反社会的行動として大袈裟に糾弾されるというギャップにより笑いがもたらされる。

この一件の翌朝早々にエドワードが突然出発したと知り、キティが落胆する場面で物語は唐突に途切れている。「ジャックとアリス」ではヒロインがお酒に失恋の慰めを見出していたが、ここではキティがどのように心の傷を慰めるのかまで描く前にペンが置かれてしまったのだ。オースティンはこの作品で非現実的設定を排除し、若い女性を取り巻く現実の厳しさと不自由さ、その心情を克明に描くことに成功した。しかし一方で、キティに試練を与えるエドワードとの関係やウィン姉妹の不幸な境遇を打開する、現実的かつ説得力ある解決策を思いつくことができなかったのではないだろうか。この作品が未完のまま途切れてしまったことは、当時のオースティンの限界を示しているのかもしれない。

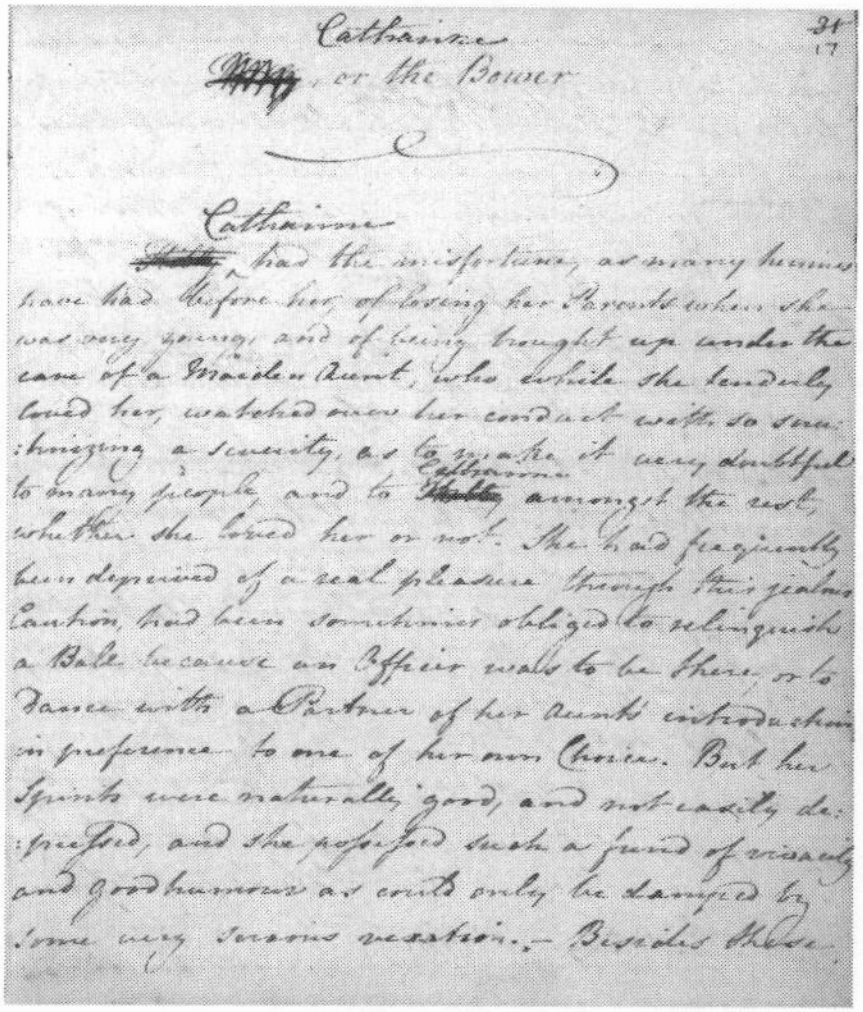
21
17

Catharine
~~Kitty~~, or the Bower

Catharine
~~Kitty~~ had the misfortune, as many heroines have had before her, of losing her Parents when she was very young, and of being brought up under the care of a Maiden Aunt, who while she tenderly loved her, watched over her conduct with so scrutinizing a severity, as to make it very doubtful to many people, and to Catharine ~~Kitty~~ amongst the rest, whether she loved her or not. She had frequently been deprived of a real pleasure through this jealous Caution, had been sometimes obliged to relinquish a Ball because an Officer was to be there, or to dance with a Partner of her Aunt's introduction in preference to one of her own Choice. But her Spirits were naturally good, and not easily depressed, and she possessed such a fund of vivacity and good humour as could only be damped by some very serious vexation. — Besides these

図 2–1 『キャサリン、あるいは東屋』冒頭部分（『第三巻』）。オースティンが一度清書した自作を後に再読し、修正を加えていることが見て取れる。

### ▼初期作品と長編三作品

オースティンの主要六作品のうち『分別と多感』、『高慢と偏見』、『ノーサンガー・アビー』の三つは、一七九三年六月三日の日付が記された『初期作品集』最後の作品から間もない一七九五年から九九年の間に、それぞれの第一稿となる「エリナとメアリア」、「第一印象」、「スーザン」が書かれたと推定される（*Juve.* xvi–xvii）。これらの原稿は現存していないため出版された三作品から判断することしかできないものの、初期作品とはヒロインの行動に大きな違いが見られる。

これら三作品のヒロインたちにも、活発さを特徴とするエリザベス・ベネットや、社交のマナーを軽んじすぎると姉にたしなめられるメアリアン・ダッシュウッドのように、『初期作品集』を連想させるエピソードがないわけではない。しかし極端な反社会的、反道徳的行動は鳴りを潜めて、「キャサリン」のキティ同様に道徳上容認される範囲での現実味のある失敗が描かれる。そしてヒロインが自分の失敗や欠点を認識し、その反省が精神的成長に結びつくという展開が長編の主筋を成す。キャサリン・モーランドのゴシック小説かぶれにせよ、メアリアン・ダッシュウッドの感受性崇拝にせよ、ヒロインたちは熱狂的に愛読する本の影響で現実を見誤るものの、やがてフィクションと現実の経験は異なると身をもって学ぶ。またメアリアンやエリザベス・ベネットは、第一印象で心惹かれた好人物の本性を後に思い知らされる。こういった勘違いや誤った判断に基づく行動は重大な道徳的欠陥とは別物であり、彼女たちの失敗は深刻な批判の対象とはならないし、その後の人生が台無しになるような結果をもたらすこともない。

こうして長編ではいわば反抗的でなくなったヒロインたちは、ロマンスのヒロインと同じように、適切な相手との結婚という形で幸せな結末を迎える。これは、『初期作品集』の「小説」では結婚によるハッピーエンディングがほぼ皆無であり、婚約や結婚は基本的に破局や死別、あるいは裏切りという不幸な結末を迎えるのと好対照を成している。

一方初期作品のヒロインの破天荒さは、これら三作品ではむしろ、ヒロインと競合したり妨害する人物、いわば悪女役に受け継がれたと言える。ただしそういった逸脱の行動原理が強い自己本位的な欲望である点は変わらない。『分別と多感』のルーシー・スティールはヒロイン、エリナが思いを寄せるエドワード・フェラーズと長年秘密婚約しており、恋敵となるエリナを牽制するが、最後は金銭的な動機からエドワードを裏切って弟のロバートと秘密結婚する。また『ノーサンガー・アビー』のイザベラ・ソープはキャサリンとジェイムズ・モーランド兄妹に大袈裟な愛情表現をふりまきながら、裕福で魅力的なキャプテン・フレデリック・ティルニーに惹かれてジェイムズとの婚約を破棄する。『高慢と偏見』では末妹リディアがウィッカムと駆け落ちしたために、エリザベスはダーシーとの結婚はもはや絶望的だと嘆く。ヒロインを含む周囲の人々を傷つけても自分の欲望を追求する彼女たちの利己主義は、初期作品とは異なり道徳的批判の対象として描かれる。しかし、こういった悪女たちが最後まで大きな罰を受けることがなく、反省も改心もせず自己本位的な生き方を貫いている点は初期作品と共通していると言える。

このようにオースティンの場合、一〇代で書いた「小説」と後年出版された小説は大きく異なるように見える。ドゥーディはこの変化を、成長したオースティンが出版の成功を優先してマーケットの嗜好に妥協し、「別の方向へと進んだ」証拠とみなす。オースティンは「道を選ばなければならず、リアリスティックな小説を書いた。……彼女は初期作品集に書いていたように奔放でいることはできなかった。お上品になって、淑女らしくふるまわなければならなかった」(4)(Introduction, xxxviii)。しかし『初期作品集』

も長編も、その根底には共通して当時の中産階級の女性を取り巻く不安と困難があることは指摘したとおりである。初期作品でオースティンは、ヒロインたちに身勝手なほどの自己中心性と破天荒な行動力を与え、困難に力強く対抗する姿を笑いを通して描いたが、その中でも次第に「キャサリン」のような現実により近づいた作品を試みている。最初は意外に見えたとしても、ルイスらが激賞する、ユーモアを込めた筆致で現実を精緻に写し取る「女性作家」オースティンは、想像力を駆使してヒロインの過激な行動を描き、笑いを誘っていた少女の延長線上にいるのだと言えるのではないだろうか。

### ▼小説家としての自己定義

長編作品を出版して作家となってからのオースティンは、自らをどのような小説家と捉えていたのか。その手がかりが書簡に残っている。一八一五年一二月、当時の摂政皇太子付図書館司書ジェイムズ・スタニア・クラーク師とのやり取りである。『エマ』の皇太子への献呈をめぐって知り合ったクラーク師は、彼自身を彷彿とさせる学識豊かな聖職者を主人公にした小説を書くようにと、オースティンに熱心に勧めた。この強引な提案に対する返信の中で、オースティンは以下のように述べる。

そのような人物の会話では科学や哲学を話題にするに違いありませんが、私はそれについて何も存じません。また時には難しい言及や引用を駆使するに違いないと存じますが、私のような女は自分の母国語しか存じませんし、母国語でさえわずかな本しか読んでおりませんので、とてもそのようなものを描く力はございません。古典の教養、せめて古今の英文学に関して幅広い知識を持っていることが、あなた様がご提案になっているような聖職者を正確に描くには絶対不可欠であろうと存じます。そして自慢ではございませんが私は、作家になろうなどと大胆にも考えたことのある女性の中でも、最も無知で無学な者だと自負できると存じます。(*Letters* 306 傍点筆者)

オースティンはここで、「ジャックとアリス」の自信過剰なチャールズ・アダムズを反転させたかのように、大袈裟な表現を用い自分の知識不足を謙遜している。自分には古典や外国語はおろか英語の文学についてさえ知識が不足していることを訴え、それに対し先方が提案する主人公には幅広い知識と教養を持った作者の筆の力が必要だ、とクラーク師をおだてる。当時の女子教育が男性に比べて劣っているという事実を逆手に取って、自分はその中でも作家として最低レベルの知識しか持たない、と女性にふさわしく謙虚な姿勢を示しつつ、目上の相手の要求を断るために利用しているのである。(5)

それでもクラーク師は諦めず、今度はオースティンに歴史ロマンスの執筆を提案した。それに対し、彼の心証を害することなく断念させようとする次の返信にも、『エマ』よりむしろ『初期作品集』の語り手に通じる大胆なユーモアが読み取れる。

私には叙事詩が書けないのと同様、ロマンスも書くことができないでしょう。――書かなければ死刑になるという状況ででもなければ、真面目なロマンスを真面目に座って書くなどということはできないでしょうし、もしそれを書き続けなければいけない、自分や他人を笑ったりしてはいけないとでも言うことになったら、第一章を書き終える前に失敗して絞首刑になってしまうでしょ

う。——やはり、私は私自身のやり方で、私自身の道を行かなければならないと存じます。(*Letters* 312)

絞首刑という過激なイメージを用いてまで、オースティンは作家として自分の作品には笑いが不可欠であることをユーモラスかつ真剣に訴えている。この書簡は自分の創作に対するオースティンの宣言と呼んでよいだろう。『初期作品集』での派手で誇張した表現ではなく、やや控えめな笑いに変わったとはいえ、オースティンは初期から長編作品まで、笑いを通して主張するという姿勢を貫いたのだ。

## 4　小説家ジョージ・エリオットの原点

### ▼「エドワード・ネヴィル」とスコット

それでは、一八三四年、コヴェントリのフランクリン姉妹の学校で学ぶ一四歳の女生徒マリアン・エヴァンズが書きかけた最初の作品と、それから二〇年以上経った一八五六年のジョージ・エリオット初の出版作、この両者に何らかの連続性を見出すことは可能なのだろうか。

先に述べたように、一八五七年のエッセイ「いかにして私は小説執筆に至ったか」には「エドワード・ネヴィル」への言及は見当たらない。エリオットは、『牧師たちの物語』連作で小説家としての一歩を踏み出しつつある今、自分が目指す「小説」は少女時代の未熟な小説の断片とは異質なものでありここで取り上げる必要はない、と考えたのかもしれない。[6]

しかしこの原稿には、当時愛読していた歴史小説を模倣した創作への強い意欲が窺える。ハイトは伝記の中で、エリオットはフランクリン姉妹の学校に入学した最初の年（一八三二年）に、前年に亡くなったウォルター・スコットの作品のほとんどを読んだろうと推測している（15）。「エドワード・ネヴィル」は冒頭の一文に「一六五〇年の晩秋」と明記されている（Haight 554）。若い作家は皆、まず模倣から始めるというアレグザンダーの指摘どおり、エリオットのこの作品も二〇〇年近く前の歴史に題材を取って構想されているのだ。爽やかな秋の朝、馬に乗った孤独な旅人が登場するという冒頭の場面も、スコットが世を去った後、歴史小説の後継者として当時人気を博したG・P・R・ジェイムズの作品を踏襲する出だしである（Haight 15）。

大人になったエリオットには無視されてしまったにせよ、「エドワード・ネヴィル」は一四歳の少女が創作したとは信じられないほどしっかりした構成力と描写の力を感じさせる。疲れて埃まみれの馬と旅人、高貴な身分を隠そうとする変装という冒頭の描写により、エリオットは、彼が何らかの理由で人目を忍ぶ必要のある、いわくつきの人物だと一瞬で読者に伝えることに成功している。さらに、この青年がワイ川の橋の手前で馬の歩調を緩め、川向うの屋敷をじっと眺めるうちに「彼の整った顔立ちの厳しいこわばりが解け、目に涙が浮かんだ」（Haight 555）様子は屋敷の住人へのロマンチックな思い入れがあることを示し、後の会話で明かされる女性の存在への伏線となっている。

エリオットは清教徒革命を経たチャールズ一世処刑の翌年というイギリス史上動乱の時代にこの作品を設定し、国王処刑に署名した共和国側の重要人物の一人、ヘンリ・マーティンを主人公の伯父として登場させている。彼女はこの地域の地理や歴史について説明したウィリアム・コックスの旅行記を

図2–2　ヘンリ・マーティンの肖像画や逸話を紹介したコックスの旅行記。エリオットはこの本から情報を得て「エドワード・ネヴィル」を創作したとみられる。

持っており、その中のチェプストウ城の説明には「ヘンリ・マーティンの塔」のエピソードが紹介されていた。ハイトは、エリオットが「エドワード・ネヴィル」を書いた際、この書物のチェプストウやマーティンの描写を全面的に利用したと指摘している（560）。この旅行記には地図や風景画、重要人物の肖像画など多数の図版も収録されており、ワイ川を隔てて対岸から見たチェプストウの城やピアスフィールドの館の位置関係、マーティンが閉じ込められている場所といった地理的な情報の把握から、マーティン自身の「鋭い鷲のような目」（556）の描写まで、エリオットが得られる限りの情報を用いて想像力を働かせたことが明らかである。[7] そこには、後年『ロモラ』を書くためにイタリアで綿密な取材を行ったのと同様に、舞台として設定した現実の場所にできるだけ忠実な描写を行おうとする、エリオットのリアリズムに対するこだわりが見て取れる［図2―2］。

## ▼「エドワード・ネヴィル」の劇的描写

エッセイ「いかにして私は小説執筆に至ったか」の上述の引用に続けて、エリオットは実際に小説を書くことをためらっていた理由として自分の力をこう評価している。「私は常々、自分には小説の中の劇的な構成や会話を考える力がないと思っていたが、情景描写の部分では安心していられると感じていた。私の書いた『序章』は純然たる情景描写であった。劇的な演出のための良い材料はあったのだけれど。」(*Journals* 289)

ここでの自己評価は「エドワード・ネヴィル」にも当てはまるだろうか。「エドワード・ネヴィル」の中核を成すのは、エドワードと伯父マーティンの会話である。甥の突然の帰郷に驚き警戒心をあらわにして理由を問うマーティンと、上官ソルトマーシュに裏切られて王党派に連隊の居場所を密告され、命からがら一人逃げてきたいきさつを苦々しげに語るエドワードとのやり取りをエリオットはドラマチックに描く。マーティンはソルトマーシュに厚い信頼を寄せていたために、甥の言葉をにわかに信じることができず動揺する。ともにプライドが高く激しやすい二人の会話は緊張を孕み、相手の言葉に反応して感情が揺れ動くさまが細やかに描写される。親族関係にある若者と親代わりの年配の男性の組み合わせは、スコットの『ウェイヴァリー』の主人公エドワードと育ての親である伯父を思わせる。またこの会話に漲る緊張感は、たとえば『ミドルマーチ』第一二章のフェザーストーンと甥フレッドの緊迫した場面を彷彿とさせる。つまり「エドワード・ネヴィル」に関する限り、エリオットは劇的な会話を描くことに成功していると言えよう。

本文が途切れた後に二〇頁余りも白紙が残っていることから、ハイトはこの作品が未完で終わっている理由について、小説創作に手を初めたばかりのエリオットは続きをどうすべきかわからなくなって断念したのだと推測している（560）。一方で、エドワードを裏切ったソルトマーシュとマーティンの過去のいきさつ、エドワードと幼馴染で互いに恋心を抱いている女性の存在、その両親に政治的立場の違いから引き裂かれようとしているという『ロミオとジュリエット』のような設定など、少ないページ数の中にこれからどんどん展開していきそうな伏線が張り巡らされている。残された断片を見る限り、エリオットが意欲的に小説を膨らませようとしたことは確かである。私たちはそこに、小説家ジョージ・エリオットの原点を見ることができるのではないだろうか。ただしハイトの推測のように、オースティンの「キャサリン」同様にこの作品が結局未完で終わっていることは、エリオットのこの段階での限界を表していると考えられる。伏線を張ってみたものの、史実と重ねながらそれらをどう展開して回収していくかという歴史小説に求められる複雑なプロットの操作、真実味のある人物描写などが当時のエリオットには難しすぎ、実際に書き進めることを断念したのかもしれない。

## 5　評論にみるエリオットの小説観

### ▼小説のリアリズムについて

では、少女期に歴史小説の模倣から出発したエリオットが、長じて小説家となるキャリアの最初には異なるタイプの作品を選んだのはなぜなのだろう。エリオットが上述の「いかにして私は小説執筆に至ったか」で試しに書いてみたと述べている「序章」とは、後に『アダム・ビード』の冒頭で、「エドワード・

ネヴィル」同様に馬に乗った旅人が眺めるヘイスロープの描写の原型を指すと考えられる。エリオットは、一八五六年のドイツ滞在中に夫ルイスにこの序章を読んで聞かせたところ、感心したルイスが小説執筆を勧めたと説明している（*Journals* 289）。

エリオットはこの旅から帰国後「エイモス」に取りかかる九月二二日までの間に、二編の評論を『ウェストミンスター・レビュー』のために書いたことを日記に記録している。それが「ドイツ生活の自然史」と「女性作家による愚かな小説」だが、これらの批評にはエリオットの小説観を見出すことができる。「ドイツ生活の自然史」はドイツの作家リールの著作についての書評であるが、その中にエリオットのリアリズム観が表れている。彼女は文学や絵画において農村やそこに住む人々が牧歌的な伝統的イメージにのっとって美化されることに警鐘を鳴らし、貧しさや陰鬱さ、道徳的欠点などネガティブな面も含めてありのままを描くべきだと主張した。

> われわれの社会を描く小説は人々をありのままに描くと公言しているから、現実と異なる描写は重大な悪である。……画家であれ詩人、小説家であれ、われわれが芸術家に負う最大の利益は、芸術がわれわれの共感の輪を広げることである。優れた芸術家が描くことのできる人間の姿は、浅はかな人や利己的な人さえはっとさせ、自分とかけ離れた存在に注意を向けさせる力を持つのである。そういう注意を道徳的感情の素材と呼ぶことができるだろう。（*Essays* 270）

これに続けてエリオットは、だからこそ小説では真実を描くことが重要で、それによって、より苦しい暮らしをしている人々の真の悲喜こもごもの感情に読者の共感を向けることができるのだと主張している（271）。小説におけるリアリズムの効用に関するこの見解は、「エイモス」を含む『牧師たちの物語』三部作をはじめ、『アダム・ビード』、『フロス河畔の水車場』、『サイラス・マーナー』などのエリオットの創作初期の小説がどれも、自分の故郷の田園を舞台にしている理由を示唆するのではないか。小説を書き始めたばかりの自分が真実を描くには、「エドワード・ネヴィル」のように自分とは無関係の場所の歴史的出来事よりも、比較的近い過去という時代設定で、馴染みのある地域に関係のある出来事に題材を探すほうが望ましいと判断したのだと考えられる。

▼女性作家の小説について

一方、「女性作家による愚かな小説」では、才能のない女性作家による一部の小説の欠点を批判している。全てに恵まれすぎて現実味のない完全無欠のヒロイン像や、よく知りもしない古代を舞台にした作品、また福音派の小説の体裁を取りつつ実際は上流社会を描く社交小説が批判の的となっている。その中でもエリオットがこの評論を執筆するきっかけとなったと言われているのが、プロットの展開における「埋め合わせ」、つまり不幸な経験の埋め合わせとして、最後に幸せな結婚を果たしたり思わぬ財産が転がり込んだりするというプロットへの反発であった（*Essays* 300）。A・S・バイアットはこの反発の理由として、「ドイツ生活の自然史」の一節を引用し「彼女は自分の作品を『人生における実験』とみなし、『例外的というより平凡な原因が徐々に作用していく様を後づける』ことを願った」と説明している。この考えを反映した例として、バイアットは『ミドルマーチ』のエンディングを挙げる。エリオットは多くの読者の予想を裏切り、ドロシアとリドゲイトの結婚という展開を選ばなかった。彼女はご都合主義的な展開をする小説を「愚か」だと批判し、現実を観察して、人生においては偶然ではなく日常的な小さな行動の積み重ねが次第に結果につながるということを作品で描こうとしたのである。したがって、この評論は決して女性の小説全体の価値を低く評価しているわけではない。それどころか最後に、エリオットは音楽など他の芸術分野と異なる小説の特質についてこう述べる。

生死を問わず多くの偉大な作家の名前が私たちの記憶に押し寄せて、女性は単に一流の小説にとどまらず、超一流の小説を生み出すことができると証明する。それらはまた、男性的な才能や経験とは全くかけ離れた貴重な特性を持った小説である。いかなる教育上の制約も女性を小説の素材から締め出すことはできないし、厳格な必要条件をこれほど持たない芸術分野もないだろう。結晶作用で生成する塊のように、小説はどんな形も取ることができ、しかも美しくあることができるだろう。われわれはただそこに適切な要素——つまり真の観察、ユーモア、情熱を注ぎさえすればよいのだ。

(*Essays* 324)

ルイスの評論「女性作家たち」と同様に、ここでエリオットは男女によって小説の特性が異なることを前提とした上で、女性独自の特性を持ち極めて質の高い小説があることを認めている。ルイスはオースティンの長所を「最も真実味があり、魅力的で、ユーモアがあり、純粋な心を持ち、ウィットに富み、誇張のない作家」(Southam 141) と賞賛したが、エリオットの挙げた「適切な要素」との共通点が多いことに気づかされる。女性独自の優れた小説を書いた作家とは誰を指すのか、エリオットは具体名を挙げてはいないものの、オースティンを念頭においていた可能性は高い。(8)

## 6 オースティンのエリオット作品への影響

### ▼「エイモス・バートン師の悲運」と『高慢と偏見』

最後に、初めて雑誌に掲載されたエリオットの短編「エイモス」とオースティン作品との関係について考えてみたい。ルイスは匿名の知人の作品として「エイモス」を出版業者ジョン・ブラックウッドに紹介し掲載を依頼する手紙(一八五六年一一月六日付)の中で、この作品の「ユーモア、ペーソス、鮮やかな描写と細やかな観察」(Carroll 49)への賛辞を述べた。そして、宗教的な物語といえば教義や議論を孕む作品は多いが、「『ウェイクフィールドの牧師』やミス・オースティンの作品以来、他の人々同様の感情、悲しみ、悩み事を持つ聖職者を描く物語はなかった」(49)と推薦している。つまり、主人公エイモスをオースティンやゴールドスミスの創造した人間的な聖職者像の系譜に位置づけて評価しているのだ。オースティンは多くの聖職者を描いたが、その中で最も喜劇的なコリンズ牧師が登場する『高慢と偏見』と「エイモス」には、たしかにいくつもの共通点が見られる。それは特に「エイモス」前半に顕著である。

まず主人公の国教会牧師エイモス・バートンに関する描写を見てみたい。第二章で彼はファーカー家での夕食に招かれていたが、令嬢たちは、エイモスが帰途に着くやいなや彼の立ち居振る舞いを馬鹿にする。一方エイモスは、聖職者としての自分の説教の力に思いをはせながら家路を急ぐ。悪口を言われているとはつゆ知らず、「抜け目のなさとエネルギーを併せ持った男」("Amos" 14)と自画自賛するエイモスの心中が諷刺的に描かれる。

また第五章冒頭では、エイモスがいかに平凡で、取り立てて特徴のない人物であるか、語り手は否定表現を連発してユーモラスに強調する。

> 彼の性格はどの点においても理想的でも飛びぬけてもいない。この人物のためにあなた方の同情を求めるなんて、私は大胆なことをしているのかもしれない。非凡さとはかけ離れた人物——徳においてもあっぱれなところがなく、胸にこっそりと罪を秘めていることもない。謎めいた雰囲気のかけらもなく、明らかに、間違いようもなく平凡である。恋をしてもいないし、そんな思いはとっくの昔に終わっている。全く興味がわかない人物ね！と女性読者が叫ぶのが聞こえるようだ——……。(38–39)

このような否定と打消しの連続による形容は、『ノーサンガー・アビー』のキャサリン・モーランドや、『分別と多感』のエドワード・フェラーズら、目立つ取り柄がなく平凡で地味な主人公を描く際にオースティンが好んで使う手法である。惣谷美智子は本作の翻訳に寄せた解説の中で、このように戯画化されたエイモスについて、オースティンの風習喜劇的作品世界に登場しそうな「逸材」(427)である、と評している。たしかに、『高慢と偏見』のコリンズほど愚かで、卑屈と尊大さの入り交じった歪んだ性格ではないにせよ、エイモスの描写にはルイスのいう牧師の「人間的な部分」の中の弱点、特に自己満足と、妻をはじめとする周囲の人々の気持への理解不足による感情の食い違いが滑稽に強調されている。ただしオースティンの語り手がキャサリン・モーランドの平凡さと同時に、それと対照的なロマンスの典型的ヒロインの完璧さをも諷刺しているのに対し、エリオットの語り手はエイモスの平凡さを強調する一方で、彼のような凡庸な人間の味わう不運に対し同情を感じてほしいと読者に呼びかけている。

### ▼『高慢と偏見』の影響

「エイモス」の中にはその他にも、『高慢と偏見』の影響と思われる箇所が見られる。第一章の最後では、エイモスの始めた小冊子配布活動に否定的なパッテン夫人が、天候に構わず家々を回る女性たちが「ペチコートを泥まみれにし、靴は泥に覆われて」(12) 帰ってくることを特に批判する。これはエリザベス・ベネットが姉のジェインを見舞いに徒歩でネザーフィールド邸を訪問した際の、ビングリー姉妹の悪口と重なる。また第二章でエイモスが聖歌隊に歌わせた讃美歌は「リディア」、つまりエリザベスの奔放な末妹の名前と同じ題名である (17)。

またエイモスの妻ミリーは夫とは対照的に、理想化された女性として描かれる。語り手は特に、彼女の美点が女性の「たしなみ (accomplishments)」とは無縁であることを強調する。

　優しい女らしさの、心安らぐ、言葉で表せないほどの魅力よ！　その魅力はどんな技能にもたしなみにも勝るものだ。エイモス・バートン夫人の人生のいかなる時期にも、絵はお描きになりますか？　とかピアノは弾かれますか？　などとあなたは決して訊かなかったろう。もし彼女が、そこにただ居るという落ち着いた気品から身を落として、せわしなく何かをするという落ち着かない行動を取ったら、あなたはむしろ呆れてショックを受けただろう。（15）

ミリーは献身的に家族に尽くす良妻賢母、いわゆる「家庭の天使」として描かれる。彼女と対極に位置するのが利己的で冷たいツェルラスキー伯爵夫人である。エリオットはこの対比を際立たせるために、ミリーには楽器演奏や絵画などの上流階級の女性のたしなみはないけれど、彼女の女性らしさはより優れていると述べる。この部分は『高慢と偏見』第八章の、女性のたしなみをめぐるネザーフィールド邸でのやりとりを彷彿とさせる。オースティンはミス・ビングリーの口を通して、歌や楽器演奏、絵画などが上手であることを優れたたしなみとみなす表面的な見方を提示し、内面の知性を求めるダーシーと対比した。オースティン同様にエリオットも、女性の価値は表面的なたしなみではなく内面にあると指摘しているのだ。

この伯爵夫人がバートン夫妻を夕食に招く手紙の口先だけの愛情表現や大袈裟な文体は、ジェインをネザーフィールドでの夕食に招待するミス・ビングリーからの手紙と驚くほど似ている（第二章）。さらに伯爵夫人の名がミス・ビングリーと同じ「キャロライン」であること、語り手が諷刺する自己中心性や贅沢好きといった性格上の特徴まで一致していることも見逃せない。これらの一致点から、「エイモス」を執筆中のエリオットが意識的にせよ無意識的にせよ、『高慢と偏見』から影響を受けた可能性は否定できない。

## ▼『牧師たちの物語』が目指したもの

しかし、このように諷刺の的となっていたエイモスの人物像は、作品後半のミリーの死という「悲運」により大きく変化する。後半のエイモスには笑いを誘う描写は見られず、母を失う子どもたちとエイモスの悲嘆はただ読者の同情を誘う。エイモスは妻を亡くしてようやく自分の愛情の至らなさを自覚し、後悔に苛《さいな》まれ続けるが、同時に、村人たちのエイモスへの視線が批判から同情と哀れみへと変化する。つまり作品前半の諷刺的な描写は、後半に運命が一変するエイモスの悲劇性をより強く印象付け、村人たちの感情の変化に説得力を持たせると同時に読者の同情をも刺激する効果を狙っての工夫だったと言える（惣谷 427）。

前述したように、ルイスはオースティンの描いた人間的な聖職者像の後継者としてエリオットのエイモスを位置づけたが、二人の作家の聖職者の造型には大きな違いがみられる。コリンズ牧師の人間性の矮小さが最後まで変わらず、諷刺の対象となっていたのに対し、エリオットの主眼は後半のエイモスへの同情にあったのである。この三部作のタイトルには、「悲運」「悔悟」と人間の暗くネガティブな感情に関わる単語が用いられている。第二作目の「ギルフィル師の恋物語」はそれ自体ネガティブな語ではないが、長く報われなかった恋が、やっと実ったのも束の間すぐに死によって奪われるという物語の性質上、やはり悲しいものと分類できる。つまりこの三部作において、聖職者を中心とした人間模様を描く中で読者の同情や共感をかき立てることがエリオットの狙いだと言えるだろう。このようなエリオットの目的を考えた時、オースティンと異なり、彼女が女性だけでなく男性の困難も大きく取りあげている理由が理解できる。

ローズマリー・アシュトンは、エリオットが、オースティンが描いた若い女性の家庭生活を取り巻く物語、つまり「女性の小説」を超えていこうとしたのだと指摘した。

別の動機が働いていた。それはジョージ・エリオットのすべての著作に浸透している特徴そのものに関連する。彼女は「女性の小説」、つまり、家庭にとどまり恋愛する若い女性だけを主人公にした小説や物語――ではないものを書きたかったのだ。もっと広いキャンバスを使い、日常生活における男たちと女たちを描き、登場人物を職場にまで追っていき、感情、社会、職業などあらゆる面の相互作用を観察しようとしたのである。(10)

このように考えれば、エリオットが「エイモス」掲載当初は匿名を望んでいたこと、その後も男性のペンネームを使ったことにも納得がいくのではないだろうか。私生活でのルイスとの関係から本名を知られたくなかったとも言われるが、エリオットの正体が世の中に知られてからもこの筆名を名乗り続けた理由には、「女性作家」というカテゴリーに閉じ込められることに抵抗したい思いがあったのだと考えられる。

## 7　初期作品から出版作品へ

▼先行作品の影響からの成長

オースティンもエリオットもともに小説の熱心な読者であり、一〇代半ばの若さで、自分の愛読する小説に倣って自分でも創作を試みた。ただその手法は全く異なっていたと言える。少女期の作品で先行作品をどう模倣するか、その違いにすでに小説家としてのそれぞれの本質が見て取れるのではないだろうか。

一〇代のオースティンは、リチャードソンらの感傷小説やロマンスで描かれる人物や行動描写の文学的慣習を逆手に取って大袈裟に誇張したり、規範から逸脱した行動を面白おかしく描くことで、先行作品のパロディを創作した。その狙いは家族や友人といった身近な読者を楽しませ笑わせることにあった。作品中の女性たちは、現実には容認され得ないが笑いの種としては受け入れられる自由奔放な行動力を発揮する。そこには、中産階級の女性の直面する現実への不安や閉塞感が反映されている。この意識は、「キャサリン」のように『初期作品集』の中でも六作品に近い後期の作品、そして出版した長編作品の世界でもずっと共有されている。同時に、初期作品のような極端なパロディは書かなくなったものの、オースティンが自分の本質を「喜劇的な作家」と捉えている点も少女時代から一貫していたと言える。

オースティンが最初の作品『分別と多感』を「ある婦人による」として出版して以降、生涯を通して匿名の一「女性作家」でいることを選んだのに対し、エリオットは女性名を使おうとせず、匿名ないしは男性名のペンネームを用い続けた。「ジョージ・エリオット」という名前は、彼女が女性の問題を超えた小説の創作を目指し、女性作家という枠組に収められることに抵抗する手段であったと言えるだろう。エリオットは最初に試みた小説でスコットの歴史小説を模倣したが、前述したようにスコットは自分の作風とオースティンの違いをはっきりと意識していた（Southam 106）。一四歳のエリオットが旅行記を参考に、見知らぬ場所と二〇〇年も前の動乱の時代を選び、激しい感情を秘めた主人公を描いたことは、女性作家らしさとは異なるタイプの作品を書こうとした証だと考えることもできるかもしれない。

この試みは途中で断念してしまったものの、エリオットは三〇代後半の小説家デビュー作ではより身近な時代と場所を設定することで成功した。自分で言及してはいないものの、最初の出版作「エイモス」前半には特に、身近な世界を現実的に描くことに優れていたオースティンのユーモアや人物描写から影響を受けている箇所がみられ、喜劇的なトーンを作り出している。しかしエリオットの目的は、オースティンのように喜劇的小説を書くことではなく、後半に主人公を襲う悲劇の描写によって読者の共感を誘う小説を創作することだった。その共感をより強く呼び起こす仕掛けとして、エリオットは先行作品『高慢と偏見』を巧みに自作に取り入れたのだと考えられる。

こうして二人の作家の初期作品から出版作までの変化を追うと、それぞれ少女時代の未熟な作品は手本や反手本の模倣から始まり、やがてそれを独自に消化していく術を身につけて、出版作へとつながっていったことが明らかになる。オースティンと同世代でロマン派を代表する詩人ウィリアム・ワーズワスの詩に、「子どもは大人の父である」という有名な一節があるが、いわば、「少女は小説家の母である」と言うことができるだろう。

＊本章は、JSPS 科研費 JP19H01242 の助成を受けたものである。

# 注

（1）アレグザンダーは「初期作品」を定義することの難しさを指摘し、作者の年齢を基準とするものではないと留保しつつも、実際上は通例二〇歳以下の若者による創作と考えてよいだろうと述べている（"Defining" 72）。

（2）スコットは『エマ』の出版者ジョン・マレーの誘いに応えて、マレーの経営する『クォータリー・レビュー』（一八一五年一〇月付、一八一六年三月発行）に『エマ』の書評を寄せた。B・C・サザムは、この書評が「小説家としてのジェイン・オースティンに関する最初の主要な記述」であったと述べている（13）。

（3）オースティンの初期作品におけるパロディの技法とその効果については、拙論「パロディ、バイタリティ、ファンタジー」を参照のこと。

（4）ドゥーディは、『初期作品集』こそ、オースティンが本来目指した「後には進むことを許されなかった方向を指している」（"Jane Austen" 103）とも主張している。

（5）この書簡での大袈裟な謙遜の文句は、『初期作品集』の第二巻に書き込んだ「イングランド史」で、オースティンが自らを「不公平で偏っていて、無知な歴史家」（*Juve.* 176）と称したこととも重なる。通例、歴史家は中立・公正を謳うものだが、彼女は自ら歴史家失格を認め謙遜するようでいて、笑いを通して独自の歴史観を提示した。

（6）別の理由として、一八三六年に実家に戻ってから一時期、宗教上の理由から小説を読む楽しみも自粛していたことが原因だとする研究もある（McMaster, "Choosing a model" 194）。

（7）Haight 560–62。コックスの旅行記の図版の一部が収録されたジュヴィニーリアプレス発行『エドワード・ネヴィル』のマクマスターによる Introduction と Notes、また同書の翻訳『エドワード・ネヴィル』第二部の樋口陽子による解説が参考になる。

（8）エリオットは「ギルフィル氏の恋物語」執筆中の翌一八五七年二月一日に『マンスフィールド・パーク』（*Journals* 65）、「ジャネットの悔悟」執筆中の五月一三日に『エマ』を読んだと日記に記している（69）。一八五七年二月から六月にオースティンの六作品中『高慢と偏見』以外の全作品の名が挙げられていることから、ハイトは『高慢と偏見』についても「単に書き忘れたのだろう」と推測し、前述した通り、彼女はその前にもオースティンを読んでいたとしている（225）。

## 参考文献


Alexander, Christine. "Defining and representing literary juvenilia." Alexander and McMaster, pp.70–97.

———. Introduction. Alexander and McMaster, pp. 1–7.

Alexander, Christine and Juliet McMaster, editors. *The Child Writer from Austen to Woolf*. Cambridge UP, 2005.

Ashton, Rosemary. "How George Eliot Came to Write Fiction." *The George Eliot Review*, vol. 696, 2009, pp. 7–13. https://digitalcommons.unl.edu/ger/696.

Austen, Jane. *Catharine and Other Writings*. Edited by Margaret Anne Doody and Douglas Murray, with an Introduction by Margaret Anne Doody. Oxford UP, 1993. Oxford World's Classics.

———. *Jane Austen's Letters*. Edited by Deirdre Le Faye. Oxford UP, 1995.

———. *Juvenilia*. Edited by Peter Sabor, 2006. *The Cambridge Edition of the Works of Jane Austen*, general editor, Janet Todd, Cambridge UP.

———. *Pride and Prejudice*. Edited by Pat Rogers, 2006. *The Cambridge Edition of the Works of Jane Austen*, general editor, Janet Todd, Cambridge UP.

Brownstein, Rachel M. "Endless imitation: Austen's and Byron's juvenilia." Alexander and McMaster, pp. 122–37.

Byatt, A. S. "Wit and Wisdom." *The Guardian*, vol. 4, Aug 2007. https://www.theguardian.com/books/2007/aug/04/fiction.asbyatt.

Carroll, David, editor. *George Eliot: The Critical Heritage*. Routledge, 1971.

Coxe, William. *An Historical Tour in Monmothshire*. 2 vols. Cadell, 1801. https://ia801900.us.archive.org/32/items/b22011730_0002/b22011730_0002.pdf.

Doody, Margaret Anne. Introduction. Jane Austen, *Catharine and Other Writings*. pp. ix–xxxviii.
———. “Jane Austen, that disconcerting ‘child.’” Alexander and McMaster, pp. 101–21.
Eliot, George. “Edward Neville.” Haight, pp. 554–62.
———. *Edward Neville*. Edited by Juliet McMaster et al. Juvenilia Press, 2009.
———. *Essays of George Eliot*. Edited by Thomas Pinney. Routledge, 2016.
———. “The Sad Fortunes of the Reverend Amos Barton.” *Scenes of Clerical Life*. Edited by Thomas A. Noble. Oxford UP, 2015. pp. 3–70. Oxford World’s Classics.
———. “Silly Novels by Lady Novelists.” *Essays*, pp. 300–24.
———. *The Journals of George Eliot*. Edited by Margaret Harris and Judith Johnston. Cambridge UP, 1998. pbk, 2000.
———. “The Natural History of German Life.” *Essays*, pp. 266–99.
Gilson, David. *A Bibliography of Jane Austen*. Clarendon Press, 1982.
Haight, Gordon S. *George Eliot: A Biography*. Oxford UP, 1968.
Lewes, George Henry. “The Lady Novelists.” *Westminster Review*, vol. 58, July 1852. pp. 134–35. Southam, pp. 140–41.
———. “George Henry Lewes to John Blackwood. 6 November 1856.” Carroll, pp.49–50.
Looser, Devoney. “Whatever Her Persuasion.” *TLS*, vol. 20 January 2017. pp 3–4.
McMaster, Juliet. “Choosing a model: George Eliot’s ’prentice hand.” Alexander and McMaster, pp. 188–99.
———. *Jane Austen, Young Author*. Ashgate, 2016.
———. Introduction. *Edward Neville*. pp. xi–xxvi.
Scott, Walter. Journal Entry, 14 March 1826. Southam, p. 106.
———. Journal Entry, 28 March 1826. Gilson, p. 475.
———. *Waverley*. Edited by Peter Garside. Penguin, 2011.
Southam, B.C. editor. *Jane Austen: The Critical Heritage*. Routledge and Kegan Paul, 1968.
惣谷美智子「ジョージ・エリオットと『牧師たちの物語』」『ジョージ・エリオット全集１　牧師たちの物語』彩流社、二〇一四年、四二一―三六頁。

土井良子「パロディ、バイタリティ、ファンタジー——オースティンの習作「小説」試論」『ジェイン・オースティン研究』第一一号、二〇一七年、一—二九頁。

樋口陽子「第二部『エドワード・ネヴィル』をめぐって」マリアン・エヴァンズ『エドワード・ネヴィル——G・エリオットの少女期作品とその時代背景』樋口陽子他編訳、彩流社、二〇一一年、九五—一五〇頁。

## 図版出典

図2－1　"Volume the Third": notebook containing two early novels, "Evelyn" and "Catharine, or the Bower," by Jane Austen. Digitized Manuscripts. The British Library. http://www.bl.uk/manuscripts/FullDisplay.aspx?ref=Add_MS_65381.

図2－2　William Coxe, *An Historical Tour in Monmouthshire; a New Map of the County, and Other Engravings*, vol. 2. Internet Archive, Cadell and Davies, 1801, p. 381. https://archive.org/details/b22011730_0002.

# 第3章 オースティンとエリオット

## ——匿名性と作品を取り巻く「視点」

永井容子

一八世紀後半から一九世紀前半にかけて、イギリス小説の約八割は匿名で出版されていた（Griffin 143）。ジェイン・オースティンは生前発行した全ての小説の表紙に自らの名前の代わりに「ある婦人（by a Lady）」と記すか、または前作に続く作品と表してきた［図3－1］。そして、マリアン・エヴァンズもまた、一八五七年に三つの物語（「エイモス・バートン師の悲運」、「ギルフィル氏の恋物語」、「ジャネットの悔悟」）を『ブラックウッズ・マガジン』に匿名で発表した後、残る七編の小説を「ジョージ・エリオット」というペンネームを使って発表したことは周知の事実である。[1] 匿名や偽名で作品を刊行することはオースティンとエリオットの時代において決して珍しいことではなく、いわば出版慣習に従うものであった。その一方で、この時代は女性が小説を書くことに対し社会的な偏見があり、そのような偏見から逃れるためにあえて身分を隠す者がいたことも念頭に置く必要がある。では、オースティンとエリオットをはじめとする女性作家が、身分を隠蔽して、匿名または偽名で作品を発表したことは単なる慣習や保身によるものであったのだろうか。本章では、作者名がもたらす意味を明白にし、それをオースティンとエリオットの相違点および共通点と照らし合わせながら考察することにより、二人の代表作『エマ』（一八一六年）と『ミドルマーチ』（一八七一－七二年）における「視

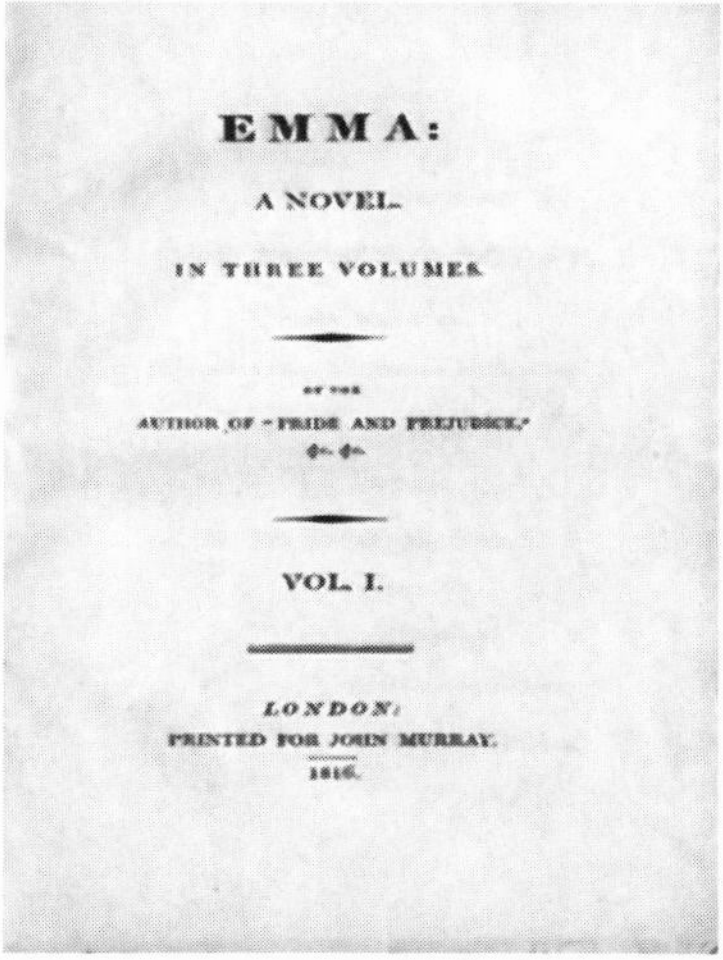


図3–1　ジェイン・オースティン作『エマ』（1814年）初版タイトルページ

点」の問題が、匿名性の問題と大いに関わりがあることを明らかにする。

## 1　一九世紀出版機構と匿名性

### ▼ジャーナリズムと文学の親密な結びつき

英国は一九世紀に入ると、活字メディアの拡大と印刷・製本・製紙技術の発展により、出版物の黄金時代を迎えた。当時の文学はジャーナリズムと密接な関係にあり、ウィリアム・メイクピース・サッカレー、チャールズ・ディケンズを筆頭に両ジャンルで活躍した文人が多かった。当時は、ジェンダーや階級において平等とは言いがたい男性優位の特権社会が支配的であったことから、男性が文壇を先導していたと理解するのが一般的である。しかしながら、一九世紀は、オースティン、エリザベス・ギャスケル、ブロンテ姉妹、エリオット、メアリ・エリザベス・ブラッドンなど女性作家の活躍が目覚ましかったどころか、『ウェルズリー・インデックス』によればヴィクトリア朝の定期刊行物に実に一五〇〇人の女性が寄稿していたという記録がある。匿名性やペンネームの使用は、元来、定期刊行物において一般的に実践されていたことではあるが、一八六〇年代までの間、この手法が女性の執筆活動全体を後押しし、自らの「声」を活字の形で公にすることを容易にしていたと考えられる(2)。匿名もしくはペンネームで作品を発表することにより、当時の女性執筆家たちは、男性社会が規定する女性像にそぐわない問題含みの題材（たとえば、奴隷制度、議会改革、女性解放、産業主義）にも言及し、多くの読者に向けて自らの見解を発信することができた。オースティン、クリスチャン・イソベル・ジョンストン、ハリエット・

マルティノー、ギャスケル、マーガレット・オリファント、クリスティーナ・ロセッティをはじめとする女性執筆家は、ジェンダーや社会的身分を隠蔽することにより、世間の批判や詮索から身を守っていたことは否めない。と同時に彼女たちは、批評家、随筆家、社会理論家、小説家、あるいは詩人として多彩な分野における広範な啓蒙と知を追い求めるきっかけを得て、文筆家としてのアイデンティティを確立していたと言える。作品に本名を記載しない理由には、政治的、イデオロギー的、商業的な目的など多くの事情が含まれるが、女性執筆家にとって匿名性は、身を守る手段であったと同時に、戦略的に自己発信する手段でもあったといえるのではないか。

### ▼オースティンとエリオットにとっての匿名性

オースティンは書簡（一八一六年一二月一六日付）の中で、自らの作風を「二インチ幅の小さな象牙に、細かな絵筆で描いた」(337) 細密画（miniature）のようなものだと語り、作家としての身分が広く知れ渡った後も、世間の目に晒されることを避け、小説の表紙に記名しなかった。オースティンは、出版社との連絡は兄ヘンリ・トマスを介して行い、出版社に書簡を送る際にもアシュトン・デニス夫人（Mrs. Ashton Dennis）という偽名を使っていた。エリオットの場合もまた、出版者ジョン・ブラックウッドには、当初作家の正体は明かされず、作品の出版にまつわるあらゆる交渉を内縁の夫ジョージ・ヘンリ・ルイス［図3－2］が担っていた、という点では、オースティンの状況と類似する。では、なぜエリオットは女性ではなく、男性のペンネームを使用したのだろうか。

「ジョージ・エリオット」という名前の選定については、エリオットが亡くなる七か月前に夫となっ

図3–2　ジョージ・ヘンリ・ルイス（1817-78年）英国の哲学者、文芸批評家、生理学者。ジョージ・エリオットの内縁の夫

たジョン・クロスが『手紙や日誌にあるジョージ・エリオットの生涯』第一巻の中で触れている。エリオットがこの名前を付けた理由は「ジョージが、ルイス氏の洗礼名であり、エリオットは重みのある発音しやすい名前であった」(310) からである。が、フィリップ・ルジューンが示唆する通り、ペンネームを使用するからには何らかの明確な理由はあったはずである。

> 偽名は「作者」の名前であり、それは正確に言うと偽名ではなく、ペンネーム、つまり二番目の名前である。二番目の名前は最初の名前と同じくらい本物であり、二番目の誕生、すなわち出版物の二番目の生まれを示す。(12)

つまり、ペンネームを用いることは、その「二番目の名前」に作家としての存在意義を重ねていたと理解することができる。

エリオットは、一八五六年一〇月の『ウェストミンスター・レビュー』に掲載したエッセイ「女性作家による愚かな小説」の中で、同時代の女性作家が手がける大衆文学を厳しく非難している。エリオットは、自らの作品が、娯楽目的の浅はかな一般的な「女性文学」とは一線を画したものであるとして、作品が文学市場において正当に評価されることを望んで、意識的に男性のペンネームを使ったと言えるかもしれない。ジョージ・エリオットの本名を公表する際にルイスは、バーバラ・リー・スミス・ボディション宛の書簡（一八五九年六月三〇日付）に次のようなことを記している。

作家の名前に何らかの影響をおよぼす「恐れ」があるために秘密が守られていたと人々が話すことに怒りを禁じ得ない。聞く耳を持つ全ての人に率直に言うが、匿名性の目的は、作品が女性の手によるもの、もしくはある特定の女性による作品として偏見を持って判断されるのではなく、その価値で判断されることにある。（*Letters* 3: 106）

男性を主体とする当時の出版界では、ジェンダーにより賃金の差が生じたり、出版を断られたり、作品が不当に評されることがあったことは事実である（Judd 251）。ルイスの言葉は、エリオットの思いを代弁すると同時に、作者名の真偽がより大きなスキャンダルに発展し、エリオットの執筆活動に影響をおよぼすことを避けようとする狙いがあったと言える。

エリオットは、ブラックウッド宛の書簡（一八五七年三月一四日付）の中で、匿名性の利について自ら触れている。

いくつかの理由により、これからしばらくの間、名前を隠し続けることを切望している。まだ名が売れていない作家にとって、匿名性は最高の「名声」である。その上、もしジョージ・エリオットが冴えないやつ、無能な作家だとしたら、一時的にうまくいっている「一発屋」だとしたら、私はその不愉快な事実が最初にほのめかされた時点で彼を切ると決めている。(*Letters* 2: 309–10)

男性のペンネームは、無名の女性作家にとっては威信にかかわることであり、自ら試みる「実験」とも言うべき作品が失敗に終わった際に、身を守る手段でもあった、と理解することができる。

### ▼ジョーゼフ・リギンズ騒動

男性ペンネームの使用にこだわりを見せていたエリオットが、なぜ一八五九年六月頃には、不本意ながらもジョージ・エリオットの正体を明かすことになったのであろうか。(3) そこには、『牧師たちの物語』(一八五八年)と『アダム・ビード』(一八五九年)の作者に成りすました悪名高き自称聖職者ジョーゼフ・リギンズの存在がある。彼のような詐欺師が現れたことにより、ジョージ・エリオットという名が瞬く間に人々の噂の種となり、ジョージ・エリオットの正体が明るみになるきっかけにもなった。エリオットは、自ら手がけた作品が別人の功績にすり替わる危険性を感じ、書簡(一八五九年九月二六日付)の中で、「私の代わりに誰かに対処してもらうように頼んだり、期待したり、望んだりしたことがない」(*Letters* 3: 163)と述べ、詐欺師の存在に不快感を露わにした。マリアン・エヴァンズがジョージ・エリオットというペンネームに小説家としてのアイデンティティを重ねたのは正にこの瞬間であったと言えるであろう。

## ▼「作者名」とはいかなるものか

作者名は、小説を書く者にとって根本的にどのような意味を持つのだろうか。ミシェル・フーコーは、『作者とは何か?』(一九六九年)の中で作者名を次のように定義している。

こうして最終的には、作者名というものについて、次のような考え方に到達するでありましょう、——作者名は固有名詞のように言説の内部から言説を産出した外部にいる現実の個人に向かうのではなく、いわばテクスト群の境界を走り、テクスト群を輪郭付けて浮き上がらせ、その稜線を辿って、その存在様態を顕示する、あるいはすくなくともその存在様態を性格づけるという考え方に。(36)

フーコーによれば作者名は、その作者が手がける小説のあり方、または小説の存在様態を表すものである。本章では、この考えを匿名で小説を発表したオースティンやペンネームを使用したエリオットに当てはめて考察することにする。フーコーの『作者とは何か』からはじまり、ここ三〇年間、一九世紀文学における作家たちの自己形成に多くの関心が寄せられている。一九八四年には、サンドラ・ギルバートとスーザン・グーバーが、ブロンテ姉妹とマリアン・エヴァンズの小説家としてのアイデンティティが男性のペンネームの使用と密接な関係があることを指摘し、自分自身が「男性並に」優れているのではなく、「男性そのもの」であることを二人の女性作家は訴えかけていたと論じている(26)。また、一九九五年に、キャサリン・ジュッドは、男性ペンネームを女性の公共における自己と私的な自己をより明確に切り離す手段として捉え、「男性の仮面」を用いることにより、女性作家は自ら出版市場の汚れから身を守っていたと論じている（261）。

本章では、オースティンとエリオットの集大成とも言うべき小説『エマ』と『ミドルマーチ』それぞれにおける視点の問題に着目し、これらの作品を通して、オースティンとエリオットの作家戦略に新たな光を当てることを目的とする。作家自身の言動ではなく、彼女たちの作品を通して、匿名性を捉え直す新しい試みである。まず、ルイスの評論「女性作家たち」（一八五二年）と「ジェイン・オースティンの小説」（一八五九年）を起点として、オースティンとエリオットの相違点について考察する。そして、「確実な認識」や「完結」に至らない「捉えどころのなさ」というものがオースティンとエリオットの共通点であることを指摘したい。最後に、この「捉えどころのなさ」という特徴こそが、匿名・偽名の性質そのものを表すものであることを明らかにする。

## 2　二人の作家の相違点——ルイスのオースティン論を起点に

### ▼オースティン称賛とエリオットとの比較

ウォルター・スコット、リチャード・ホエートリ、トマス・マコーリーに続き、オースティンの書き手としての類い稀な才能をいち早く認めたのがルイスである。同時代の批評家同様、ルイスは人生の一コマを忠実に写し取ることにこそ、芸術の最高の価値を見出していた。ルイスは、『ブラックウッズ・マガジン』に掲載した「ジェイン・オースティンの小説」においてオースティンの小説を細密画に喩え、彼女が真実を忠実に描く技術は、もはや完璧であり、芸術の域に達していると賞賛している。オースティンの細密画は、スコットの小説のように壮大なフレスコ画ではないものの、ありふれた出来事、人物、言葉のやりとりから人生の真実を見て取り、それを細部まで忠実に描いた見事な出来栄えであることを強調している。ルイスは、『ウェストミンスター・レビュー』に掲載した「女性作家たち」においても女性文学の意義を唱え、「文学のあらゆる部門の中で、女性は生まれながらに、また経験によって、小説に最も適している」(133)と述べている。その中で、オースティンほど女性の視点を細部まで忠実に再現した作家はいないと称えている。

すべての想像力豊かな作家の中で彼女が最も現実的である。彼女は決して自分の実体験を超越することはないし、自らの筆で他者の体験に触れることのない線を辿ることはない……これらは女性、英国女性、淑女によって書かれた小説である。どの署名もその事実を隠すことはできない。そして、彼女があまりにも忠実に、そして無意識のうちに、己の女性の視点を守ってきたからこそ、彼女の作品には永続性がある。(135)

興味深いことにルイスは、女性の視点を用いるオースティンをもう一人の作家「ミスター・ジョージ・エリオット」と比較している。『ブラックウッズ・マガジン』に掲載した「ジェイン・オースティンの小説」では次のように語っている。

ミスター・ジョージ・エリオットは、作家としてミス・オースティンよりも物語を語る術や一般的に私たちが「無駄のない芸術」と呼んでいるものに劣っているように思える。しかしながら、オースティンと同等の真実性、劇的な腹話術、ユーモアを持ち合わせ、文化、思考の広がり、感情的な感性の深さにおいて非常に優れている。（104）

この評論が発表された頃には、エリオットの初期の作品『牧師たちの物語』や『アダム・ビード』はすでに刊行されていた。エリオットの初期の作品には、子どもの頃の記憶が色濃く反映されていて、ありふれた過去の農村生活がきめ細かくありのままに描かれている。そのことから、エリオットの作品は真実性という点において、オースティンの小説と相通じるものがあるとルイスは認めつつも、物語を書くという点ではエリオットの作品は見劣りする、と評している。しかしながら、彼は女性作家の小説に求めるものとはまた別の何かをエリオットの小説に見出していたのではないか。

### ▼「完璧に手入れされた庭」対「庭の外にある広大な世界」

ルイスは、オースティンを最高の作家として位置付け、彼女が描く世界を次のように説明している。

彼女は、目にしていないものを描こうとして、失敗の危険を冒すようなことはしなかった。彼女の描く範囲は制限されているかもしれないが、それは完全である。彼女の世界は完璧に取り囲むものであり、欠くべからざるものである。静かな村で平和に、しかし意気盛んに活動する英国の淑女の目に映るような生活が彼女の作品に映し出されていて、それは、常に興味を抱かせるような純粋さと忠実さを伴っていた。彼女の作品の一つを読むことは、人生の実体験のようなものである。まるで一緒に住んでいたかのように人々を知ることができ、彼らに対して個人的な愛情を感じるのである。("Lady Novelists" 134)

オースティンが描く世界は限られた範囲のものではあるものの、完全であり、活気に満ちたものであるとルイスは指摘している。つまり、シャーロット・ブロンテが言うように、オースティンが描く「庭」は「完璧に手入れされた庭」と言える(99)。

一方、同じく人生の一コマを忠実に描くことを芸術家の務めと考えるエリオットが描く世界はどうであろうか。エリオットが一八五六年に『ウェストミンスター・レビュー』に匿名で発表した評論「ドイツ生活の自然史」には、次のような一節がある。

芸術は人生に最も近いものだ。芸術は経験を増幅し、個人的な境地の境界を超えて私たちの同胞とふれあいを広げてくれる様式である。芸術家が「民衆」の生活を描こうと企てるとき、その仕事はそれだけ神聖となる。ここで偽って描くことは、人生のより人為的な面における偽りよりもはるかに有害である。(110)

この引用が示唆する通り、エリオットにとって芸術とは、目の前にある事実や身をもって経験したことをただ単に忠実に描き出すものではなく、経験をより豊かにし、個人の境遇を超えて同胞との触れ合いを、より一層広げてくれる様式であったと言える。従って、エリオットの関心事は、目の前にあるものを完璧に描き、一つの完結した物語を描くことではなく、目に見えない関係性や移り変わりの過程を凝視して、そこに潜在する真実を追究することであったと理解することができる。このことは、エリオットの「トマス・カーライル」論にも示されている。

同様の根拠で、もっとも効果的な著述家は、特定の発見を発表し、特定の結論を人々に納得させ、この方法は正しく、あの方法は間違っていると論証する人間ではなく、発見に帰着するに違いないもろもろの活動を他の人々の中に喚起し、物事の是非に対する無関心な状態から人々を目覚めさせ、真理を求め、どんな犠牲を払ってもそれに応えるために自らを奮い立たせる人間である。そのような著述家の影響は強力である。(343)

エリオットにとって最も優れた著述家とは、ある特定の「発見」や「結論」を指し示すのではなく、新たな発見を導き出す活動を促す人間であった。つまり、リアリズムを追究する中で、エリオットはあらゆる可能性、無限の探求や推測、多様性を求め、解決や確固たる結論に至ることを避けていたと言える。オースティンが「完璧に手入れされた庭」に読者を誘導するとしたら、エリオットは常に「庭」の外にある広大な世界に視線を送り、未知なる世界に読者を誘っていたと言えるのである。

## ▼「女性の視点」の有無

オースティンとエリオットのさらなる相違点として挙げられるのが、ルイスが評論「女性作家たち」の中でも言及している「女性の視点」の有無についてである。ルイスは、オースティンの作品に見られる女性らしい視点に特に注目している。一方、エリオットは、定期刊行物に発表した評論をはじめ、初期の作品『牧師たちの物語』や『アダム・ビード』において語り手を匿名の男性に設定している。ジョン・ムランが指摘しているように、男性の語り手を使うということは、女性作家としてのレッテルを自ら剥がし、女性作家に対する世間の思惑から逃れる手段であったと同時に、自分の作品との一定の距離を保つ手段でもあったと言える（108）。が、もし語り手の目的が、物語を語る上での「視点」を提供することにあるとすれば、必ずしもジェンダーを特定する必要性はない。エリオットの後の作品では、語り手のジェンダーが明確に示されていないのも、それが一つの要因として挙げられるかもしれない。ローズマリー・アシュトンが指摘する通り、エリオット作品の語り手は、男性と女性両方の特徴を持ち合わせる両性具有（androgynous）と言えるかもしれない（171）。エリオットの語り手は時には冷静沈着で経験豊かな賢者の視点を持ち、時には慈愛と情に満ちた視点を持つことがある。語り手の個人的回想から始まるエリオットの初期作品とは異なり、彼女の後期の作品は人生のあらゆる側面を多角的に、そして網羅的に扱うようになることから、語り手のジェンダーを特定する必要性は失われた、と言えるのではないか。先に述べた通り、ルイスはエリオットの作品に「オースティンと同等の真実性、劇的な腹話術、ユーモア」、そして「文化、思考の広がり、感情的な感性の深さ」（“Austen” 104）を見出している。エリオットが男性と女性両方の特徴、すなわち男性的な思考の広さと女性的な感受性の奥深さ、を持ち合わせていた作家であることをルイスは一八五九年の時点ですでに予見していた、と解することができる。

エリオットの小説はルイスの思い描く「女性作家による理想の小説」ではなかったかもしれないが、それを凌駕するものがあることを彼は感じ取っていたのかもしれない。

## 3 『エマ』——視点の移行と多様性

### ▼登場人物の見誤りに翻弄される読者

小説『エマ』は、オースティンの他の作品同様、全知の語り手が物語を語るという、三人称形式になっている。しかしながら、「誰のどのような目で眺めるのか」という「視点」の問題は、容易に解き明かされるものではない。全知の語り手によって描かれる内容に、しばしば登場人物、たとえばエマが目にしたことや感じたことが入り込むことがある。エマは執拗に自分の物の見方、解釈に固執するあまり、ことの真相を見誤り、誤解が繰り返される。全知の語り手によって真相を明かされないまま、思い込みに支配されたエマの視点に晒される読者は、彼女が観察者として欠点を持ち合わせた人物であることを理解しつつも、気がつくと彼女の見誤りに翻弄され、完全なる「読み」を得るどころか、捉えどころのない謎に巻き込まれるのである。

#### 作品からの具体例（Ⅰ）

ここで一例を挙げることにする。エマは、ナイトリーに対して一定の敬意を抱きつつも、彼を恋愛の対象として意識することはなかった。自分がナイトリーの結婚相手でなければならないという確信と、これまで彼のことを愛していたのだ、という自覚にエマが目覚めるのは、作品も終盤に入ってからのことである。

彼女に分かったことは、自分が、［フランク・チャーチルより］ナイトリー氏のほうが計り知れないほど上だと思っていたことである。自分に対するナイトリー氏の心遣いのほうが計り知れぬほど貴重であった。彼女に分かったことは、彼女は自分自身を言いくるめたり、幻想をもてあそんだり、わざと逆の行動をとったりして、自分で自分の心をまったく理解せず、瞑想のなかに囚われていた、ということであり――つまり自分は、フランク・チャーチルのことなど実は少しも思っていなかった、ということであった！（*E* 301）

ナイトリーがかつて指摘していた通り、エマは「思いつきや気まぐれの影響」（73）により自分自身の本心について誤解していた。そして、そのことに気づいた彼女は、あたかも正論であるかのようにこれまで抱いていた自らの考えを塗り替えるのである。エマが常にナイトリーに対して敬意を表していたことは、ある意味「事実」である。しかし、ここでエマは反対のことを自分に言い聞かせたり、幻想したり、逆の行動を取ることが全く間違ったことであったと認識する。もし、エマがフランクよりも絶えずナイトリーの愛情の方を愛おしいと思ったのであれば、どのようにして彼女はその反対のことを同時に自分に言い聞かせることができたのだろうか。Aのことを考えながら、どうやってBのことを同時に自分に納得させることができたのだろうか。これはあくまでも一例に過ぎないが、オースティンは実にささやかなやり方で、女主人公の矛盾を語りの中に織り込んでいる。登場人物は「完全なる真実」や「一つの正しい認識」を執拗に追い求めるが、物語が展開するなかで多くの矛盾が見え隠れする。そして、第四九章でエマとナイトリーがお互いの想いを認識する場面で語り手は次のように述べる。

人間の打ち明け話が完全な真実を語ることは稀、極めて稀である。何かが少し偽装されていたり、少し間違っていたりすることがないのは、稀である。しかし、この場合のように、行動は誤っていても感情は誤っていないとき、その程度の偽りは大した問題ではないかもしれない。(314)

語り手は、「人間の打ち明け話が完全な真実を語ることは稀、極めて稀」と述べ、作品が偽りや誤りに満ちていることを暗に認めている。そして、読者は「完全な真実」というものが存在するのかどうかさえ疑いを抱くようになるのである。

## 作品からの具体例(2)

物語の中でナイトリーは、常に冷静沈着であり、鋭い観察眼を発揮する。彼ほど常に客観的な真実を求め、エマのような「想像による過ち」(250) を回避しようとした人物はいない。彼にとって現実は正確に認識されるために存在するものであり、それを想像によって作り上げることは偽りに過ぎなかったのである。その「一つの正しい認識」を求めるナイトリーですら、フランクとジェイン・フェアファックスの関係を怪しみ始めると、目の前に現れていない不確実なものに思いを馳せ、感情を揺さぶられるのである。

ナイトリー氏は、彼以外には誰にも分からぬ何かの理由によって、早くからフランク・チャーチルを嫌うようになっていたことは間違いなく、しかもますます嫌いになるばかりだった。彼がエマを追いかけるのを見ると、どうも表裏があると怪しみはじめたのだった。エマが彼のお目当てであることは議論の余地がないように見えた。彼自身の心尽くし、父親のそれとない口ぶり、義母の慎重な沈黙、何を見てもそれは明らかである。言葉も行動も、慎重さも軽率さも、すべてが同じことを語っている。しかし、それほど多くの人たちがフランクがエマを求めていると考え、そしてエマ自身は彼をハリエットに譲ろうとしているとき、ナイトリー氏はと言えば、フランクがジェイン・フェアファックスの感情をもてあそぼうとしているのではないかと疑いはじめたのである。(249)

多くの人はフランクとエマを結びつけ、エマ自身がフランクをハリエットに譲ろうとしていたころ、ナイトリーはフランクがジェインの気持ちをもてあそぼうとしているのではないかと疑っていることを全知の語りが明かしている。そしてこの後の場面では、ナイトリーの目の前で展開する三人(フランク、エマ、ジェイン)の恋愛ゲームの様子が全知の語り手ではなく、鋭く研ぎ澄まされたナイトリーの視点によって語られている。フランクとエマが並び、ジェインが向かい側に座っているテーブルで文字遊びをしているところをナイトリーは誰にも気付かれずに観察している。フランクが「しくじり(blunder)」という言葉を作ってみせるとジェインが頬を赤らめたのを見て、その裏に不誠実な関わりを勘繰るのである。

確かに何かの陰謀があるに違いない、と彼［ナイトリー］は思った。不誠実さと裏表のある言行が至るところで見え隠れしている感じであった。この文字遊びも、火遊びと策略を行うための手段なのだ。この子どもの遊戯が、フランク・チャーチルの深層心理ゲームを隠すために選ばれているのだ。

ナイトリー氏は激しい憤りを覚えながら、なおもフランクを観察し続けた。また、大いなる不安と不審の目で、盲目状態になった二人の女性を観察し続けた。エマのために短い言葉が用意され、ずる賢いような落ち着きはらった表情とともに、カードが彼女に渡されるのを見た。エマがすぐにそれを解いてひどく面白がったことを、彼は知った。もっともそれを、彼女としては非難しているように見せるのが適正と判断したようだった。（253）

ナイトリーは、フランクに対して激しい憤りを覚えると同時にフランクと戯れる「盲目状態になった二人の女性」の軽薄な姿に衝撃を受けていることが言葉の端々から読み取れる。全知の語り手によってフランクとジェインの関係が明かされるのではなく、ナイトリーの視点を通して、謎が紐解かれることにより、これまで隠されていたナイトリー自身のエマに対する本心が自ずと読者に暴かれる、という二重効果があることに気付くのである。

### ▼視点の移行と多様性がもたらすもの

二つの例を通して、作品の視点は、全知の語り手からエマ、ナイトリー、その他の登場人物へと次々と移行していることがわかる。様々な登場人物の心中に入り込んで異なる視点から語ることによって、多様なものの見方が示され、この作品を捉えどころのないものとし、読者の「完璧な読み」をより一層難しくしていると言える。作中のほとんどの登場人物が誤解に陥ることにより、果たして何が本当なのか、果たして状況を正しく認識することは可能なのか、というわれわれの認識能力への信頼が揺らぐのである。語り手というと、物語を語るある特定の人物または視点を連想することが多いが、『エマ』をはじめとするオースティンの小説では、読者が判断の拠り所にできる一つの視点というものがない。視点の移行と多様性こそが作品の異なる「読み」を可能とするため、作品を捉えどころのないものにしていると言えるのではないだろうか。

## 4 『ミドルマーチ』——あらゆる可能性への永遠なる探究

### ▼エリオットが求める真実——小説『アダム・ビード』より

オースティンの小説『エマ』における視点の問題についてこれまで論じてきたが、五五年後に刊行されたエリオットの小説『ミドルマーチ』との類似性を考察する前に、いったんエリオットの小説『アダム・ビード』の第一七章に触れたい。第一七章では語り手が物語の筋書きから離れて、自らの叙述方針について述べている。この作品における男性の語り手がエリオットの声であるか否かについてはこれまで度々議論の対象となってきたが、エリオットが版を重ねる度にこの箇所を何度も書き直していることが手稿から明らかになっていることから、少なからずエリオットが熟慮を重ねて書いたことには疑いないだろう。当時のリアリズム信奉を反映すべく、作品では人やものを忠実に、ありのままに説明し、物事をできる限り正確に伝える義務があることを述べている。

私が最も努力しているのは、そのような勝手気ままな描写を避け、私の心の鏡に映る通りに、人やものを忠実に説明することである。疑いもなくこの鏡には欠点もあり、時に輪郭は歪み、映った姿はぼやけ、混乱していることもあるだろう。しかし、証人台に立ち、宣誓し、私の経験を述べているかの如く、鏡に映った姿がどんなものか、出来る限り正確に皆さんにお伝えする義務があるのだ、と私は感じている。(164–65)

ここで注目すべき箇所は、物事を「私の心の鏡に映る通りに」説明する、と語り手が述べている点である。語り手は、「この鏡には欠点もあり、時に輪郭は歪み、映った姿はぼやけ、混乱していることもある」と認めた上で、自ら経験した、もしくは知覚したものを描く、と述べている。つまり語り手は、自らの視点を媒介にして物語を語ることを示唆しているといえる。その上で、語り手は次のようなことも述べている。

それで、わたしは、ありのままに見えるよう努めながら、わたしの素朴な物語を語るのに満足している。最善の努力を払っても、恐るべき理由がある虚偽を語ることのみを恐れながら。虚偽は箇

単で真実は困難である。(166)

ルイスは評論の中で度々リアリズムの反対として「虚偽(Falsism)」を挙げているが、ここでも語り手は芸術において最も恐れるべきものは虚偽である、と述べている。そして、虚偽を語ることがいかに簡単であるか、そして真実を語ることがいかに困難であるかを強調している。「完全な真実」を追い求めつつも技巧があまりにも完璧であるが故に一つの「正しい認識」「正しい読み」が難しいことに気付かせられるオースティンの小説とは異なり、エリオットの小説では、語り手は自らの視点が不完全なものであることを最初から認めており、読者が全てのことを完璧に知る全知の語りのみを期待してはいけない、と暗示しているようにも読める。語り手のいわば限界を認識することにより、語り手が説明しきれない部分を読者が補い、読者も真実を追究することが求められていることになる。エリオットの小説の場合、語り手が目指す真実とは、「細密画」のように人間生活のあらゆる現実を的確かつ詳細に描写したものではなく、作者や読者が真実と認識することができる経験や心情に基づいたものである。つまり、エリオットが目標とするものは、体験の真髄を伝えるリアリズムと捉えるべきであろう。

### ▼多様な解釈を可能とする多角的な視点

エリオットが求める真実とは、決して完結された絶対的なものではなく、多様な変化や発展をも許容するものであると理解すべきである。あらゆる可能性や解釈に目を向けることにより、エリオットは人生における客観的な事実と主観的な見解の間に生じる必然的なずれを何とか最小限に留めつつ、真実に

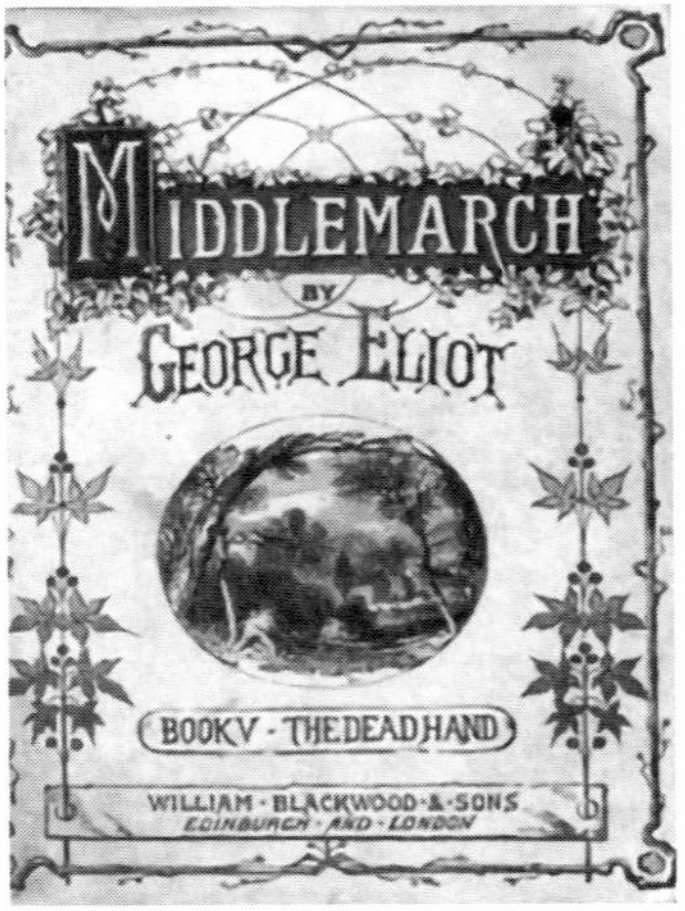


図 3–3　ジョージ・エリオット作『ミドルマーチ　地方生活についての研究』(1871-72 年）初版イラスト付タイトルページ

近づこうとしたといえる。一つの視点にとらわれることなく、あらゆる可能性、多様な解釈を勘案するエリオットの小説は、シンシア・ハギンズが指摘する通り、「現実が小説を作り出しているのではなく、小説が現実を作り出している」(35) のかもしれない。

　異なる解釈を可能としているのが、エリオットの小説に内在する多角的な視点である。これが最も顕著な形で現れているのが小説『ミドルマーチ』［図3－3］といえる。この小説における三人称形式の全知の語り手は、決して一様ではなく、語り手の視点に登場人物の視点が入り込む場面が数多くある。ここで、一例を挙げることにする。ドロシア・ブルックとエドワード・カソーボンが新婚旅行のために古都ローマを訪れた時の場面である。

　このむさ苦しい現在のただなかに置かれた廃墟とバシリカ会堂、そして宮殿と巨大な彫刻像……長い列をなして立ち並ぶ白い大理石像の目は、今はなき世界の単調な光をとどめているかに見える。忘却と堕落の息吹のあらわれと入り乱れた、官能的であるとともに精神的でもある、野心に満ちた理想のこの巨大な廃墟は、最初は電撃のように彼女を襲った。そして、やがて、その強烈な印象は、

感情の流れをせきとめる混乱した思想を飽食したときに生じるような苦痛を味わわせた。(*M* 188)

ドロシアが結婚生活にかけた夢がカソーボンの人間的な真実に触れて、彼女の初々しい感受性が困惑と失望へと変化していく有様が、「謎に満ちたローマの重み」(188) がドロシアに与える身体的な衝撃と重ねて描かれている。ドロシアの視点が語り手の視点に入り込むことにより、ドロシアが精神的に受けた感化は、彼女が肉体的に感じられた衝撃と相まって描かれているのである。

▼視点の移り変わり

また、先に言及した小説『アダム・ビード』の第一七章同様、『ミドルマーチ』においても語り手は至るところで多様な形で物語に介入してくる。第二九章の冒頭部分は、ローマで新婚旅行を終えたドロシアとカソーボンが、ローウィックで新婚生活をはじめて間もないころの様子を描く。

ローウィックに着いてから何週間かたったある朝、ドロシアは――しかし、なぜいつもドロシアの話ばかりなのだろうか? この結婚については、ドロシアの側からの視点しかあり得ぬというのか? 悩みや苦労があっても、なお生気に溢れる若い人たちにばかり興味をもち、これを理解しようと努力することには、私は反対である。これら若い肌もやがては色褪せ、そして今は目を背けようとしても、やがて年を重ねていくにつれて味わう心を蝕むような悲しみを、いつかは知ることになるのだ……カソーボン氏にも強烈な意識が働いていていて、私たちと同じように、心が飢えることはあったのだ……結婚するつもりでいるからには、これ以上時期を延ばすべきではない、と彼は思いたったのである。そして、彼は考えた。妻《めと》を娶るからには、高い地位にある男は当然のごとく花の盛りのおとめを期待し、慎重に選ぶべきである――同じ者なら若いほどよい、教育のしがいがあるし、服従させるのも容易である――そして自分と同じ身分の者で、宗教的信条も同じ、貞淑で、優れた理解力をもった者でなければならない。(271–72)

若い人たちのものの見方に片寄ることに対して「私は反対である」と語り手は自らの見解を述べたと思ったら、「若い肌もやがては色褪せ、そして今は目を背けようとしても、やがて年を重ねていくにつれて味わう心を蝕むような悲しみを、いつかは知ることになるのだ」と読者に向かって言い聞かせるように語る。そしてカソーボンの視点へと転じて、彼がどのような心理状態で結婚するに至ったのかを説明していることがわかる。

このようにエリオットの小説においては、登場人物の視点が語り手の視点に入り込んで登場人物の心理が描写されたり、語り手自身の感想や見解が読者に向けて語られたり、時には語り手が自らの視点で叙述方針を示したり、実に多様な形で視点が移り変わる。そして、エリオットの小説の場合、対象となるものを顕微鏡のレンズの倍率を変えながら観察する科学者のように、登場人物一人一人の何気ない日常の出来事、彼らの詳細な特徴、彼らを取り巻く社会との関連性を多角的に捉えようとし、さらにはミドルマーチという地方社会全体を端から端までパノラマ的に一望するように、社会変動を一つの広い視野におさめて見せることもある。第一一章にその一例を見ることができる。

古びた地方社会にも、このような微かな動きを免れることはなかった。切れ者のダンディとして通っていた若い職業人が、とどのつまりは自堕落な女と一緒になり、六人の子どもを養う世帯を抱える、といった人目をひく没落は言うまでもないが、人づき合いの境界線が絶えず移動したり、互いに依存し合う新しい意識を生み出したりという、それほど目立たない人生の浮き沈みもあった。少しばかり落ち目になる者もいれば、這い上がる者もいる。ロンドン訛りを隠す者もいれば、金持ちになる者もいる。そうかと思えば、気難しい紳士が選挙に立候補したりすることもある。ある者は、政治の潮流に流され、ある者は宗教の渦に巻き込まれ、その結果、思わぬ集団の一員になっていたことに気づかされたかもしれない……地方都市と田舎の教区とは徐々に新しい糸で結びついていった……大地主や准男爵、さらにはそれまで一般市民から非の打ちどころがないと思われていた貴族でさえも、新たな人々との関係が密接になるにつれて、欠点も次第に増えていった。遠い地方から移り住む者もあった。その中には、驚くべき目新しい技術を持っている者もいれば、腹のたつほど悪知恵の働く者もいた。(93–94)

ここに描かれているのは、切れ者ダンディとして通っていたが没落した職業人、一財産を作る人、選挙にうって出る気難しい紳士、政治の世界に巻き込まれた人、宗教集団の一員になった人、准男爵、貴族、またよその土地から移り住んだ謎の技術を持つ人々に至るまで、それぞれの職業や階層に属する名もなき人々が語り手によって次々と浮かび上がっては、消えていく。多角的な視点を用いることにより、エリオットは人間社会のあらゆる側面——変動、矛盾、対立——そしてその無限の可能性をヘンリ・ジェイムズいわく一つの「画面（picture）」（75）におさめることに成功していると言えるのである。

## 5　二人の作家の共通点——確実性・完結を阻む捉えどころのなさ

▼作品の不確実性

エリオットの作家としての視点は絶対的なものではなく、作品を取り巻く多くの視点のうちの一つとして捉えるべきであろう。ジョージ・スタイナーをはじめ、多くの批評家たちは、エリオットが度々物語に割り込むことに批判の目を向けてきた。しかしながら、エリオットの視点は彼女の作品を取り巻く多くの視点のうちの一つに過ぎない。ドロシア・バレットが指摘する通り、エリオットの小説の語りはわれわれ読者や批評家が期待するほど一定ではなく、完全な形でもないことを認識するべきである。

> 語り手に対する苛立ちは、彼女が作品を完全に掌握しているという確信に端を発している。物語の一見滑らかとも思える表面に亀裂を見つけると語り手はより一層興味深く、安易に捉えにくいものとなる。（29–30）

エリオットの全知の語り手を通して、読者は全てを正しく理解できる、と確信を持って言えるほどエリオットの小説は単純ではない。エリオットは、一八六一年頃まで日誌や献呈の辞において、本名とペンネームを混在させることがあったものの［図３－４］、小説家としての地位を確立した後は、作家として語る際には一貫してペンネームを使い続けた。しかし、この「ジョージ・エリオット」という名があくまでも偽名であるがために、その名と作家本人との関係性は、読者の目には常に曖昧なものとして映るのである[4]。その曖昧さが小説家エリオットを形成するあらゆる視点、可能性、解釈、その在り方を表すものであったとも言える。エリオットのリアリズムへの追究があらゆる可能性への永遠なる探究であるとすれば、われわれはすべてにおいての完全なる結論を求めることを断念せざるを得ない。完結を望まないこと自体がエリオットなりの主張であると言えるのかもしれない。オースティンの場合もまた、「完全な真実」を求めつつも、作家の技巧があまりにも完璧であるが故に一つの「正しい認識」、「正しい読み」を阻み、作品を捉えどころのないものにしている。小説『エマ』では、人間がいかに先入観にとらわれやすく誤解を重ねていくか、そして物事を完全に掌握したくてもその能力に限界があることに読者は気付き、何とも言えぬ無力感に襲われるのである。多角的で多重的な視点がもたらす不確実性、そしてそれによって生じる「捉えどころのなさ」がオースティンとエリオットの作品に見られる共通点であると言える。

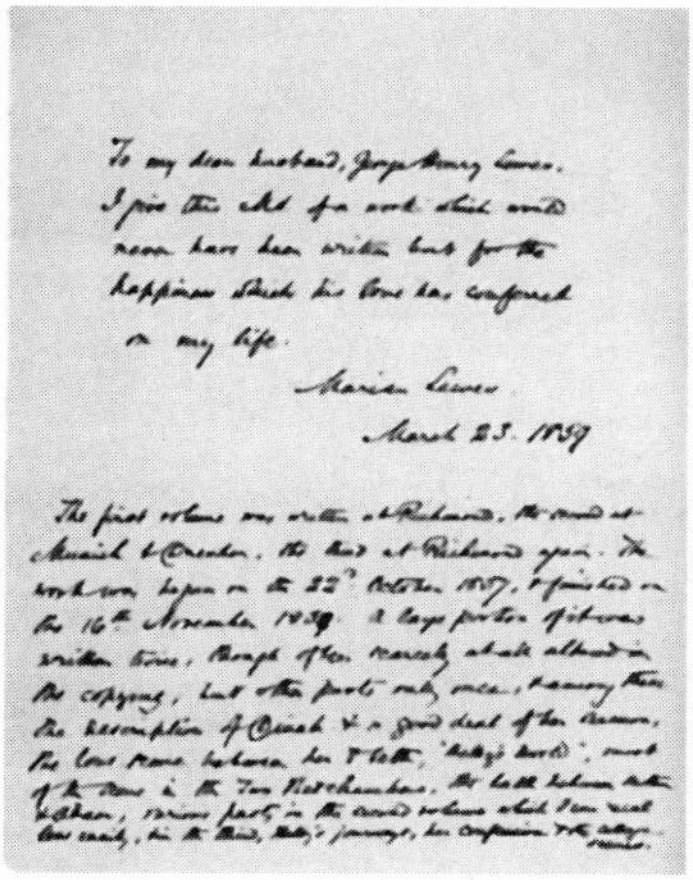
To my dear husband, George Henry Lewes, I give this MS of a work which would never have been written but for the happiness which his love has conferred on my life.
Marian Lewes
March 23. 1859

図 3–4 『アダム・ビード』（1859 年）に掲載されたジョージ・エリオット（本名：マリアン・エヴァンズ）の献呈の辞（手稿）（“To my dear husband, George Henry Lewes, I give this MS of a work which would never have been written but for the happiness which his love has conferred on my life”）

## ▼作家戦略としての匿名性

一九世紀の出版慣習において、匿名性は決して珍しいものではなかったが、女性作家が自らの名前を伏せる、または男性のペンネームを使用する、という行為は、あくまでも作者自身の選択によるものであり、出版社から強要されたものではないことを忘れてはならない。つまり、匿名性とは、女性作家が一定の効果を見出して、自らの意思で用いたものである。エリオットは、小説家としての地位を確立する前から書簡において匿名性の利点について触れている。

私の物語がどんな成功を収めようとも、私は断固として自分の正体を隠すつもりだ。それというのも、ペンネームは評判を落とすことなく、すべての利点を確保することができるから。(2: 292)

ローレル・ブレイクが指摘する通り、一九世紀の定期刊行物は、多くの匿名執筆者を輩出し、これら執筆者が後に作家として活躍することにより、彼らの「名前」が世に知れわたり、その「名前」の商品化が進んだ(16)。小説家として活躍する前に編集者、翻訳家、批評家として活躍したエリオットは、文学市場、さらにはそれを取り囲む巨大な出版機構について十分な知識を持ち合わせていた。それゆえに作家としてのアイデンティティも揺るぎないものを持ち、それを守り抜くという確固たる信念が生まれたと言えるのかもしれない。

自身の幼少期の記憶が色濃く反映されている前期作品とは異なり、小説家として円熟期を迎えた一八七〇年代には、エリオットは時代の変容の影に展開する人々の多様な生活や思考、そして複雑に絡み合う人間模様を壮大な社会構図の中で捉えようとしていた。一八七一年から七二年にかけて刊行された『ミドルマーチ』には「地方生活についての研究」という副題がついているが、この「研究」という言葉には、固定観念にとらわれることなく、物事を多様な角度から観察し、人々がこれまで気にとめることのなかった新しい関係性を見出す作者の原動力が秘められている。エリオットが一八七六年の書簡に記している通り、彼女にとって作品は「人生における単なる実験に過ぎなかった」(6: 216) のである。

さらにエリオットは、詩劇『スペインのジプシー』(一八六八年) をはじめ、最後の小説『ダニエル・デロンダ』(一八七六年) において、社会から疎外され、流浪の民として目されていたジプシーやユダヤ民族に光を当てて、「自分たちと異なる民族」を好意的に描写している。異色なテーマが批判の的となることは予想できたはずであるが、エリオットは、次の二通の書簡にも記している通り、自国の人々の視野を広げ、異なる習慣、信仰を持つ者に目を向けようとしていた。

もし可能であるとすれば、これほど私が望むことはない。自分たちとは異なる慣習と信仰をもつわれら同胞の民族の主張に人々の想像力を喚起させることに。(6: 301)

ここでは名を伏せておくが、ある政治家は、私がまず、彼にイタリアの生活についてのヴィジョンを開いた、次にスペイン、そして今私は、彼の中にユダヤ人に対するまったく新しい理解を芽生えさせた、と述べている。私が成し遂げたいこととは、英国人の視野をもう少しその方向へと広げ、少しばかりの良心と向上心を取り入れることである。(6: 304)

また、同じくエリオットの後期の作品においては、作者自身の関心を反映するかのように題辞に他の作品からの引用を取り入れて、読者の興味と想像力を掻き立てていることも注目に値する。このように自由な発想で物書きができ、読者の意識を様々な方向に向けることができたのも作家と作品の間にある程度の距離が保たれていたからではないか。つまり、「ジョージ・エリオット」という名は、彼女が作家として有する多種多様な「声」や「視点」を最も有効に表現する「場」を与えていたと言える。

オースティンのように自ら名前を伏せて小説を発表する、またエリオットのように男性のペンネームを使用して小説を発表する行為は、作者の世間に対する一種の自己防衛であると同時に、自らの作品と一定の距離を保ち多角的な視点や多様な解釈を容易にする一つの作家戦略と理解することができるのである。

オースティンとエリオットの叙述方針や描き出す世界の広さや奥行きには違いがあるものの、二人の女性がともに作家として認識していたものとは、確実性や完結を求めることの難しさであり、捉えどころのなさを許容する精神である。フーコーが語っている通り、作者名は、その作者が手がける小説のあり方、または小説の存在様態を表すものであると言える。匿名で小説を書くにしてもペンネームで書くにしても、作家という存在を決定付ける要素を曖昧にしたまま作品を世に出していることには変わりない。二人の作家が遺した作品の特徴を考えると作者名が特定されていないことが、ごく自然なものとして受け止められるのではないだろうか。また、二人の作品に対して完全な読みが難しいからこそ、われわれわれ読者は作品を何度も読み返し、魅了されると言えるのである。

＊本章は、JSPS科研費JP20K00450（基盤研究（C）「一九世紀イギリス女性作家における隠蔽と自己開示」）に基づく研究成果の一部である。

# 注

（1）エリオットは、小説家に転じる前、無記名の形で七二編の随筆、評論、書評を『ウェストミンスター・レビュー』、『リーダー』、『ペル・メル・ガゼット』、『フォートナイトリー・レビュー』などの主要機関紙に発表し、シュトラウスの『イエス伝』の翻訳も匿名で発表していた。

（2）一八六〇年代に入ると、定期刊行物の匿名性が批判の的となり、『フォートナイトリー・レビュー』や『マクミラン・マガジン』をはじめとする定期刊行物は、寄稿者の署名を求めるようになった。

（3）『フロス河畔の水車場』（一八六〇年）が出版される頃には、作家ジョージ・エリオットとマリアン・エヴァンズまたはマリアン・ルイスが同一人物であることは周知の事実であった。

（4）エリオットは、人生の節目、節目において名前を変える傾向にあった。一八歳までメアリ・アン・エヴァンズ（Mary Anne Evans）を名乗っていたが、母親の死と姉の結婚を機に父親の身の世話をするようになり、そのころはメアリ・アン（Mary Ann）と名を綴っていた。ロンドンにて『ウェストミンスター・レビュー』の編集を手がけるようになるとマリアン（Marian）に名を変え、ルイスと内縁の関係になる一八五四年ごろからは、私的な手紙文や日誌にはマリアン・エヴァンズ・ルイス（Marian Evans Lewes）またはルイス夫人（Mrs. Lewes）と記すようになる。しかし、作家としては常にジョージ・エリオットを名乗り続けた。彼女の墓碑には、「ジョージ・エリオットここに眠る、メアリ・アン・クロス」（Here Lies the Body of "George Eliot", Mary Ann Cross）と記されている。

# 参考文献


Ashton, Rosemary. *George Eliot: A Life*. Hamish Hamilton, 1996.

Austen, Jane. *Emma*. The Modern Library, 1997.

——. *Jane Austen's Letters*. Edited by Deirdre Le Faye, 4th ed., Oxford UP, 2011.

Barrett, Dorothea. *Vocation and Desire: George Eliot's Heroines*. Routledge, 1989.

Brake, Laurel. *Print in Transition, 1850–1910: Studies in Media and Book History*. Palgrave, 2001.

Brontë, Charlotte. *Selected Letters of Charlotte Brontë*. Edited by Margaret Harris, Oxford UP, 2007.

Davis, Philip. *The Transferred Life of George Eliot*. Oxford UP, 2017.

Eliot, George. *Adam Bede*. Edited by Carol A. Martin, Clarendon, 2001.

——. *Daniel Deronda*. Edited by Graham Handley, Clarendon, 1984.

——. *The George Eliot Letters*. Edited by Gordon S. Haight, Yale UP, 1954–78. 9 vols.

——. *George Eliot's Life as Related in Her Letters and Journals*. Edited by J. W. Cross, Harper & Brothers, 1885. 3 vols.

——. *The Journals of George Eliot*. Edited by Margaret Harris and Judith Johnston, Cambridge UP, 1998.

——. *Middlemarch*. Edited by David Carroll, Clarendon, 1986.

——. *Selected Essays, Poems, and Other Writings*. Edited by A. S. Byatt and Nicholas Warren, Penguin, 1990.

——. *The Spanish Gypsy: The Legend of Jubal and Other Poems, Old and New*. Blackwood, 1906.

Gilbert, Sandra, and Susan Gubar. "Ceremonies of the Alphabet: Female Grandmatologies and the Female Authorgraph." *The Female Autograph*, edited by Domna C. Stanton, U of Chicago P, 1984, pp. 21–48.

Griffin, Robert J., editor. *The Faces of Anonymity: Anonymous and Pseudonymous Publication from the Sixteenth to the Twentieth Century*. Palgrave, 2003.

Houghton, Walter E., editor. *The Wellesley Index to Victorian Periodicals, 1824–1900*. U of Toronto P.; Routledge & Kegan Paul, 1966–89.

Huggins, Cynthia. "Adam Bede: Author, Narrator and Narrative." *The George Eliot Review*, vol. 23, 1992, pp. 35–39.
James, Henry. *The Critical Muse: Selected Literary Criticism*. Penguin, 1987.
Judd, Catherine A. "Male Pseudonyms and Female Authority in Victorian England." *Literature in the Marketplace*, edited by John O. Jordan and Robert L. Patten, Cambridge UP, 1995, pp. 250–68.
Lejeune, Phillipe. *On Autobiography*, edited and with a foreword by Paul John Eakin and translated by Katherine Leary, Theory and History of Literature, vol. 52, pp. 3–30. http://www.debbiejlee.com/lejeuneone.pdf.
Lewes, George Henry. "The Lady Novelists." *Westminster Review*, vol. 58, 1852, pp. 129–41.
——. "The Novels of Jane Austen." *Blackwood's Magazine*, vol. 86, 1859, pp. 99–113.
——. "Realism in Art: Recent German Fiction." *Westminster Review*, vol. 70, 1858, pp. 488–518.
Moers, Ellen. *Literary Women: The Great Writers*. Doubleday & Company, 1976.
Mullan, John. *Anonymity: A Secret History of English Literature*. Faber and Faber, 2007.
Steiner, F. George. "A Preface to 'Middlemarch.'" *Nineteenth-Century Fiction*, vol. 9, no. 4, 1955, pp. 262–79.
ミシェル・フーコー『作者とは何か?』[ミシェル・フーコー文学論集 1] 清水徹・豊崎光一訳、哲学書房、一九九〇年。

## 図版出典

図3－1　The Picture Art Collection, Alamy Stock Photo, Image ID: P5XKDP.
図3－2　The History Collection, Alamy Stock Photo, Image ID: J3F8HA.
図3－3　British Library, Alamy Stock Photo, Image ID: R5AD13.
図3－4　Lebrecht Music & Arts, Alamy Stock Photo, Image ID: ERHGWE.

# 第4章
# 〈見誤り〉の悲劇／喜劇
## ――『エマ』と『ミドルマーチ』

新野緑

ジョージ・ヘンリ・ルイスはジェイン・オースティンを高く評価して、『ジェイン・エア』（一八四七年）を刊行したばかりのシャーロット・ブロンテに、その作品を読むよう奨めた（"Recent Novels" 687）。彼女は一八四八年一月一八日付のルイスへの手紙で、「ミス・オースティンは、おっしゃる通り『情緒《センチメント》』がなく、詩情もなく、良識的で現実的（真実を語るというより現実的）でしょうが、偉大ではありません」（Brontë 2:14）と反論したという［図4－1］。多分にロマン主義的な傾向を持つブロンテらしい反応と言えようが、では、同じく一九世紀を代表する女性作家、ジョージ・エリオットはオースティンをどう評価したのだろう。

ブロンテの死後二年目の一八五七年、ルイスがとりわけ称賛した『マンスフィールド・パーク』や『エマ』[1]（Lewes, "Austen" 444b）を今読んでいる、とエリオットは日記に記している。[2] これはちょうど、処女作「エイモス・バートン師の悲運」（一八五七年一月－二月）を発表した彼女が、その連作となる「ギルフィル氏の恋物語」（一八五七年五月－六月）や「ジャネットの悔悟」（一八五七年七月－一一月）を続けざまに執筆、上梓して、小説家として着実なスタートを切った時期と一致する。[3] それは単なる偶然なのか。この時期、オースティンだけでなく、ハリエット・マルティノーやエドマンド・バーク、エリザベス・ギャスケル、トマス・カーライルなど様々な作

図4–1　ジョージ・リッチモンド「シャーロット・ブロンテ」（1850 年）

品を読んだ、と彼女は言うが（*Journals* 65–70）、作家エリオットの誕生に大きな役割を果たしたルイスのオースティンに対する高い評価や、[4]執筆への不安からか抑鬱状態に悩んだエリオットが、[5]オースティンの作品をこの時二作も読んだと言うことから、オースティンは、小説家エリオットの誕生に無視できない役割を担っていたように思われる。果たして、オースティンはエリオットの創作活動にどのような影響を与えたのか。

『エマ』が、自分の頭の良さを過信するヒロインを中心に、登場人物の様々な〈見誤り〉が生み出す多様なドラマを、皮肉とユーモアを交えてコミカルに描いた物語であれば、知的渇望に駆り立てられ相手の本性を〈見誤って〉結婚したヒロインが、夫への幻滅と妻としての義務感の狭間で葛藤する様を、ヒロインのみならず、複数の登場人物の心理の奥深くに分け入って克明に描き出す『ミドルマーチ』は、オースティンの『エマ』と同様のテーマを、広範な角度からより深刻な形で展開する。しかし、語りの形態もプロット展開も物語の調子《トーン》も全く異なるように見える二つの作品を仔細に検討すると、登場人物の造形や人間関係、そして何より他者や自己に対する認識の行為が孕む問題性の探究において、両者の間には思いがけない類似が潜んでいるように思われる。『エマ』と『ミドルマーチ』の登場人物の〈見誤り〉に焦点をあて、エリオットによるオースティン理解の一端を探りたい。

## 1　二人のヒロイン

▼完璧なヒロイン？

まず目をひくのが、ともに〈見誤り〉の当事者となる二人のヒロイン、エマ・ウッドハウスとドロシア・ブルックの人物造形の類似だ。小説『エマ』が、

エマ・ウッドハウスは、きりっとした美人で賢く、裕福で、居心地のよい家庭と健全な気質に恵まれ、人間が天から授かる最高の恵みをいくつか併せ持つように見えた。そしてこの世に二一年近く生きてきて、悩んだり困惑したりすることもほとんどなく過ごしてきたのだ。(37)

と書き出され、ヒロインの属性を「きりっとした美人で賢く、裕福 (handsome, clever and rich)」とする形容が、完璧とも見えるヒロインに潜む危うさを巧妙に示唆しているのは、デイヴィッド・ロッジの指摘するとおりだが (3-6)、『ミドルマーチ』のドロシアも、「きりりと美しく (so handsome)、豊かな財産相続の見込みのある娘」(9) と同じ形容詞が使われ、その頭の良さも、妹のシーリアの方が「常識的」という但し書きがつくものの、エマと同じく強調される(6) (7)。

しかも、エマとドロシアはその置かれた社会的地位や家庭環境も共通し、エマのウッドハウス家が「古くからの一族の新たな分家筋にあたり」、教区牧師エルトンの「姻戚といえば商人ばかり」(*E* 155) の家系との格差を強調される一方、ドロシアのブルック家も「ブルック家の血縁は厳密に言えば貴族ではないが、文句なく『良い』家系だった。一、二世代遡っても、祖先に布地を測ったり梱包したりした者はなく、海軍将官か牧師以下の身分の者はいなかった」(*M* 7) と、由緒正しいジェントルマンの家柄とされる。

## ▼自立した女性

エマの父親のウッドハウス氏が「生まれつき親切で礼儀正しい」（*E* 205）けれど、「神経質な男で、すぐに気落ちし」、「ちょっとした利己主義にいつも捉われて、他者が自分と異なる感情を持つとは考えられない」（39）人物と紹介され、それが、『ミドルマーチ』において孤児となったドロシアと妹シーリアを屋敷に引き取った後見人の伯父ブルック氏が、「すぐに人の言いなりになる気質で、まとまりない意見を持ち、何に与するか定かでなく」、「意図するところは親切だが、それを実行に移そうとすると、お金をかけるのを渋る」（8）のと一致することも注目に値する。つまり、両者ともに、善良だが気分屋で少しばかり利己的な、いわゆる「家父長」としての権威や分別を欠いた人物が、父親あるいは父親代わりを演じるのだ。

そのうえ、母親を幼い時に亡くしたエマが、「姉が結婚した結果、ずいぶん幼い時から父の家の女主人」（*E* 37）であったように、一二歳で母親を亡くしたドロシアもまた、後見人として引き取られた独身の伯父の家で、「ミス・ブルックは伯父の家政を取り仕切り、彼女に与えられたその新たな権威とそれに付随する賛辞を厭うことはまったくなかった」（*M* 10）とされる。

エマが自身の結婚の可能性について、

「一般に女性が結婚したいと思う理由が私にはひとつもないの。……だから、恋に落ちるのでなければ、今手にしている境遇を変えるなんて、絶対に馬鹿げているわ。財産もあれば、することもあり、権威だってあるもの。結婚して夫の家でハートフィールドでの私の半分も力を振るうことので

きている女性などほとんどいないはずよ……。」（*E* 109）

と語れば、ドロシアもエマの場合のようにストレートな表現ではないが、「彼女が極端なものを愛し、信念に従って生活を律するべきだと言い張ること以外には、結婚を妨げるものはなかったが、そのせいで、慎重な男は彼女に求婚する前に躊躇しただろうし、結局は彼女自身がすべての求婚を断ることになっただろう」（*M* 9）と、自身の感情や意思こそが彼女の結婚の最終的な決断を左右するとされている。つまり、二人のヒロインはそのいずれもが、豊かな素養と地位や財産に恵まれ、本来家父長としての権威を持つ強い父親も主婦として家政を取り仕切るはずの母親をも欠く、ある意味で歪《いびっ》な家庭環境に置かれ、そのため恋愛や結婚という人生の大きな転機において、当時の女性としては珍しく自らの意思に従って判断、選択することが可能となる立場にある。

## 2　最初の〈見誤り〉

▼恋の相手を見誤る

社会的、金銭的制約によらず、自身の意思によって人生の選択が可能なヒロインは、同時に彼女たちがいかに正しく他者や自己、そして周囲の出来事の真偽を捉えうるか、という認識の重要性を浮かび上がらせる。エマは二一歳、ドロシアは二〇歳に満たない若い娘だから、人生の大事は何よりも結婚で、それにまつわる他者や自己の認識が『エマ』と『ミドルマーチ』の中心となる。興味深いのは、いずれの作品においても、ヒロインをめぐる最初の恋愛が、彼女たちの〈見誤り〉を軸に展開することだ。

たとえば、教区牧師のエルトンをエマは高く評価し、「それにエルトンさんは本当に感じのいい青年、選り好みしない女性ならば誰でも好きになるような青年だわ。とてもハンサムだと思われているし、皆がスタイルの良さを褒めている」（*E* 64）と考えて、彼女が親しく庇護するゴダード夫人の学校の特別寄宿生ハリエットとの縁結びを企てる。「選り好みをしない女性ならば誰でも」という条件付けや、「ハンサムだと思われている」（傍点筆者）といった表現から、エマ自身はエルトンを本当の意味では評価していないことは明らかで、この企ての背後には、出自の定かでない私生児ながら、可憐な容貌と身に備わった「良識」や「自然な魅力」（54）から裕福なジェントルマンの娘とエマが空想するハリエットが、身分違いの農場主ロバート・マーティンと親密になるのを阻止する意図がある。そこにもまたエマの思い違いが潜んでいるが、自身の計画に夢中の彼女は、その判断力に一目置く名門の地主ナイトリーの「エルトンは話すと情にもろく見えるが、実際の行いは合理的だ」（92）という意見や、ナイトリーの弟でエマの姉の夫ジョン・ナイトリーの「彼に対する君のマナーは相手に気を持たせる」（133）という忠告を無視した挙句に、思いがけず彼から求婚されて、自身を「縁戚と精神の有り様において、エマと肩を並べられる」（154）と考えた彼の傲慢に憤慨する。

一方、『ミドルマーチ』のドロシアもまた「たとえばサー・ジェイムズ・チェッタムのことを、ドロシアは常にシーリアの観点から考え、彼の求婚を受けるのはシーリアにとってよいことだろうかと密かに思い巡らせていた。彼がドロシア自身に求婚するつもりだと見なされたりしたら、とんでもない見当違いだと彼女は思っただろう」（10）と描かれるように、近隣に住む準男爵のサー・ジェイムズを妹の求婚者とのみ考えて、彼が自分に思いを寄せているとは思ってもみない。サー・ジェイムズは「まさに女性が好むタイプの男」(40)で、「良い男、健全な心を持った男」、さらに「いつだって常識のある色々なことについて大層愛想よく話す人」(74)と描かれて、その人好きのする愛想の良さが「とてもハンサムな青年で、どこに行っても皆のお気に入り」(*E* 92)のエルトンに通じる。しかし、エマの場合と同様、労働者のための住宅建設という自分の慈善計画に熱心なあまり、それに賛同するサー・ジェイムズに愛想よく振る舞ったドロシアは、その態度をシーリアにたしなめられるや、「サー・ジェイムズのことを私が好きだと思うに足る理由があると、この私に向かって言うなんて、とんでもない」(*M* 36)と激しく憤ってしまう。

いずれの場合も、ヒロインの勝手な思い込みが、並外れた賢さを持つはずの彼女たちの判断を狂わせ、物事の真実を見誤らせている。もちろん、ハリエットはヒロインの妹ではないが、「姉妹の親しさ」(*E* 37)を持つ家庭教師ミス・テイラーが結婚してウッドハウス家を去った後に彼女の代替として招き入れられたハリエットは、いわばエマの妹の位置にあると言えるし、話ぶりに「際立って賢い何か」はないものの、エマに「立場に相応しい敬意」(53)を払うハリエットは、賢さの上で姉に劣るけれど、「愛嬌があって無邪気に見え」(*M* 9)、ドロシアに「時に畏敬の念を抱く」(36)シーリアと、人物造形もヒロインとの関わりも相似するのである。

### ▼結婚がもたらす幻滅

もちろん、ヒロインへの求婚をめぐるこの〈見誤り〉のエピソードには、大きな違いもある。たしかに、エマに求婚を拒絶されたエルトンは、ブリストルの商人の娘で一万ポンドほどの持参金を持つと噂されるオーガスタ・ホーキンズと唐突に結婚し、ドロシアとカソーボンの婚約を知ったサー・ジェイムズもまた、即座に恋の相手をシーリアに切り替え、後に彼女と結婚する。しかし、以後サー・ジェイムズがドロシアに「隠したり告白したりする情念が存在しない男と女の間にのみ成立する率直な親切と友情」（*M* 73）を抱く一方で、エルトンは結婚後エマを「夫妻共通の嫌悪の的」とするばかりか、「大っぴらにぶつけられないその憎しみを、ハリエットを見下すことで晴ら」（*E* 284）し、クラウン亭での舞踏会でわざとハリエットに恥をかかせる「許しがたい無礼」に及んで、エマがそれまで見落としていた「浅ましさ」（327）が暴露される。

エルトンに対するこのエマの〈見誤り〉は、『ミドルマーチ』において、サー・ジェイムズからドロシアの夫カソーボンとの関係に移されていると考えられるかもしれない。彼女は、生涯をかけて『全神話体系解読の鍵』の執筆を目指してきたカソーボンを、「より優れた内的人生」を理解し、「精神的な交流」(22)を可能とする存在と信じて結婚する。しかし、結婚後、彼女はカソーボンの研究がすでに時代遅れで、「研究を追求する情熱は悲しくも失せているのに、何も達成できていないとは絶対に認めたくない」(417)ジレンマに落ち込んでいると知る。そのうえ彼は、庇護してきた遠縁のウィル・ラディスローに嫉妬して、以前に取り決めた遺言に密かに補足条項を付け加え、遺産を盾にウィルとの再婚をドロシアに禁じさえする。結婚を機に人格の卑しさが露呈する展開は、エルトンの場合と同じだが、『ミドルマーチ』では、夫への幻滅と妻としての義務感との間で葛藤するドロシアの心情が、カソーボンの内面も交えて詳細かつ複眼的に描かれて、ドロシアの〈見誤り〉は、エマの単なる「しくじり」ではない重みを持つことになる。そのことについて論じる前に、二つの小説に共通するいっそう重大な今ひとつの〈見誤り〉とそれが生み出す〈疑惑〉について考える必要がある。

## 3　疑惑の構造

### ▼フランクの嘘

『エマ』のプロット展開の中核は、なんと言ってもフランク・チャーチルとジェイン・フェアファックスの秘密の婚約とそれが生み出す疑惑や混乱だ。フランクはミス・テイラーの結婚相手ウェストンが先妻との間に儲けた息子だが、名門出身で贅沢に慣れた妻の浪費で財産をすり減らしたウェストンは、彼女の死後、幼い息子を跡取りのない裕福な義兄夫妻の養子に出していた。父親の再婚を機にハイベリーを訪れたフランクは、

とても器量のよい青年で、背丈、態度、話ぶりのすべてが申し分なく、顔つきには父親譲りの生き生きとした元気のよさがあふれ、頭の回転も早く、分別ありそうに見えた。エマはたちまち彼のことを好ましく感じたし、育ちのいい気さくな態度に加え、喜んで話に乗ってきたのをみて、自分と近づきになるために彼はやってきたのだから、二人はすぐに親しくなるに違いないと確信した。

（202–03）

と、明らかにエマに気のある素振りを見せ、彼女もまた恋心をくすぐられるが、じつは彼はウェイマスで出会ったジェイン・フェアファックスと密かに婚約しており、ハイベリーにやってきたのも、父親の再婚を祝う以上に、彼女との逢瀬を楽しむためだった。

ジェインはハイベリーの教区牧師であったベイツ氏の孫だが、歩兵連隊中尉の父親の戦死に続いて母親も失い、亡き父を命の恩人と仰ぐキャンベル大佐に引き取られ、ガヴァネスになるべくロンドンで一流の教育を受けていた。

正しい考えを持ち、物の分かった人々と常に一緒に暮らしていたので、彼女の心も頭も、修養と訓練から得られる良い物のすべてを身につけた。しかもキャンベル大佐の住まいはロンドンだったから、一流の教師について、どんなに才能のないものでもそれなりの報いが得られたのだが、彼女は気質も能力も、与えられた愛情に十分値するものを持っていたのだ……。(178)

と描かれるジェインは、都会での一流の教育によって、エマでさえ及ばない優雅な女性に成長しているが、チャーチル家の気難しい伯母の手前、貧しい境遇の彼女との婚約は誰にも気づかれてはならない。そのため、フランクはエマを意中の人と考えているように見せかけて彼女にことさら親しく接し、ジェインは「礼儀にすっぽりと身を包んで」(182) 本心を覆い隠す。その結果、ジェインを「嫌になるくらい他人行儀で疑わしい」(182) と考えてエマは忌み嫌い、新婚の娘夫婦をアイルランドに訪問するキャンベル夫妻の招待を断って、いささか不自然な形でハイベリーに戻ってきた彼女に、あらぬ疑いを持つにいたる。

たとえば、チャーチル夫人の反対を理由にハイベリー訪問を先延ばしにしてきたフランクが、ジェインがベイツ夫人のもとに帰った途端にハイベリーにやってきたり、髪を切るためだけに突然ロンドンに行くという気まぐれでエマを呆れさせた直後に、ジェインのもとに送り主不明のピアノが届けられたり、コール家のパーティでジェインに見惚れていたところをエマに見咎められ、その髪型をしどろもどろに貶《けな》してみたりと、注意して読めばフランクとジェインの関係を解く鍵は、ふんだんに物語に埋め込まれている。しかし、そうした解読の鍵はいかにも自然な状況設定やフランク自身の説明によって覆い隠されて、エマをはじめとする登場人物ばかりか、読者にも容易には読み取れない。たしかにナイトリーの慧眼は「フランク・チャーチルとジェインが密かに好き合って、秘密の取り決めのようなものさえできていること」を見抜かずにはいないが、彼でさえそれを「エマの想像力が生み出す誤謬」(340)と同じ間違いでないとは言い切れない。秘密、偽装、推測が交錯する中で、フランクにも誘導される形で、ジェインが姉妹同然に育てられたキャンベル大佐の娘の結婚相手ディクソン氏と恋愛関係にあるという不穏な疑いをエマは抱き、それをフランクと密かに共有する。しかも二人の関係をカモフラージュするためとはいえ、これ見よがしにエマといちゃついてみせるフランクの態度に神経をすり減らしたジェインは、彼と激しく言い争った末に心身の健康を損ね、ついには婚約を解消してガヴァネスになる決心を固めるのだ。

## ▼リドゲイトの恋

このように、フランクとジェインをめぐる疑惑は、笑い笑われるヒロインを中心に、人々の〈見誤り〉が引き起こす数々の「しくじり」をコミカルに描いた『エマ』という物語に、本来の喜劇的展開とは異なる、推理小説的な謎解きやオースティン作品には珍しいどろどろした情念が生み出す悲劇的な要素を持ち込むことになる。そしてその「疑惑」の要素は、『ミドルマーチ』では医師リドゲイトをめぐるプロットで、より深刻な展開を見せる。リドゲイトは、パリで最新の医学を学び、最近ミドルマーチにやってきた開業医だが、「ミドルマーチにとって完全なよそ者で、良家の出に相応しいある種の際立った風采を持ち、中産階級にとっての至福である上流階級への展望を見せてくれる」(118) 点で、同じくハイベリーの部外者で、名門チャーチル家の跡継のフランクと重なる。しかも、リドゲイトは、

> リドゲイトの天稟のひとつに声がある。いつもは太くて朗々としているが、ここぞという時にはとてもやわらかく穏やかになれるのだ。普段の態度はちょっと向こう見ずで、大胆に出世を求め、自分の能力と高潔さを信じている。その自信は、つまらぬ障害物や誘惑など一度も経験したことがないと馬鹿にすることで強められていた。しかし、この高慢な率直さも、彼が示す嘘偽りのない善意によって、愛すべきものとなった。(*M* 124)

と描かれ、フランクにはない上昇志向はあるものの、良家の出に相応しい立派な風采や率直で気さくな態度、臨機応変の話ぶり、みなぎる気概、そして人好きのする振る舞いなどフランクと共通する。チャー

チル家の跡取りとして裕福に育ったフランクとは異なり、「若くて貧乏で野心家」と描かれるリドゲイトは、「今後数年間は結婚すべきでないと信じていた。既存の広い道を離れて自力で見通しのよい立派な道を踏み分けて作り出すまでは」(94)と言われるように、研究上の野心と財政的理由から意中の女性ロザモンド・ヴィンシーとの結婚に二の足を踏むが、それもまた気難しい伯母を慮ってジェインとの婚約を明らかにできないフランクに通じる。

### ▼疑惑の変容

さらに、フランクとリドゲイトがそれぞれ愛することになるジェインとロザモンドにも共通項がある。彼女たちは二人とも、ヒロインのエマとドロシアに匹敵する際立った美人で、ジェインがガヴァネスになるべくロンドンで一流の教育を受けていれば、ロザモンドも、

彼女は、その地方一とされるレモン夫人の学校の精華と認められていた。そこでの教科はたしなみのある女性に必要なもののすべてを含み、馬車の乗り降りといった特別授業さえあった。レモン夫人自身、いつもミス・ヴィンシーを手本に掲げていた。夫人によれば、あのお嬢さんを知識や上品な話ぶりで凌ぐ生徒はいまだかつて出ていないし、音楽の演奏ときたら本当に非凡だった。(*M* 96)

と、地方ではあるものの高い教育を受け、「真にたしなみのあるお嬢さん」(*E* 180)と呼ばれるジェインと同じく、その教育の成果を身に備えている。ロザモンドがとりわけ音楽の才を称賛されているのも、

図 4–2　姉カッサンドラが描いたと言われるジェイン・オースティンの肖像

エマでさえはるかに及ばぬ音楽の才を示すジェインと重なる。

加えて、ナイトリーがジェインを愛しているのではないかというウェストン夫人の推測を聞いたエマが、「ダメよ、ナイトリーさんは結婚してはならない」(*E* 236) と激しく反発し、後にナイトリーに対するハリエットの思いを聞かされると、「次のような考えが矢のような速さで彼女を貫いた。ナイトリーさんは他でもないこの私と結婚すべきなのよ」(398) と、一瞬のうちに彼を愛していたことに思い至るのと同様、ドロシアもまた、夫カソーボンの死後、ロザモンドとウィル・ラディスローとが手を取り合っている場面に出くわして、彼女への嫉妬から、「ああ、私あの人を愛していたんだわ」(*M* 786) と、それまで気づかなかったウィルへの愛を意識するのだ。[7] つまり、ジェインとロザモンドは、エマとドロシアが我知らず抱いていた愛情を本人に自覚させ、二人のヒロインをある種の自己認識に導く役割を担っているのである。

しかも、ジェインとフランクの密かな婚約が伏せられていたために、ジェインのディクソン氏との不倫という不穏な疑惑が生み出されたように、リドゲイトもまた人々のおぞましい疑惑の対象となる。贅沢に慣れたロザモンドとの結婚生活を維持するために銀行家バルストロードから融資を受けたリドゲイトは、バルストロードが彼を強請《ゆす》っていたラッフルズを密かに死に追いやる手助けをしたと噂され、ついにはミドルマーチにいられなくなる。いずれの疑惑も、じつは根拠のない濡れ衣、人々の〈見誤り〉が生み出した誤謬にすぎないが、しかしそれが疑惑の対象者にとっての大きな汚点、その心身の健康や人間関係を脅かす深刻な問題としてプロットの中核をなすことは明らかだ。

もちろん、すでに見たエルトンやサー・ジェイムズに対する〈見誤り〉と同様、これらの疑惑のあり方にも二つの作品の間で相違はある。たとえば、疑惑の中心となるのがジェインからリドゲイト、つまり女性から男性へと変更される中で、疑惑自体の内容も不倫疑惑から殺人の幇助あるいは隠蔽へと深刻の度合いを増しているし、疑惑を持つ主体もエマという個人からミドルマーチのコミュニティ全体へと変更されている。そして、この相違こそが、先に述べたカソーボンとドロシアの夫婦間の葛藤の問題とも相まって、『エマ』と『ミドルマーチ』、ひいてはオースティン［図4―2］とエリオットの、人間認識に関する根本的な姿勢の違いをも表すことになる。ではその違いとは何か。

## 4　個人とコミュニティ

### ▼『エマ』における認識

多様な登場人物が他者の実体を推し量り、しかもその過程で真実を見誤る様を描く小説『エマ』が、「認識する」という行為のメカニズムを問う認識のドラマであることはすでに別の場所で明らかにした。(8)『エマ』は一見したところ、自身の頭の良さを過信したヒロインの〈見誤り〉をコミカルに描く物語のように見えながら、ほとんどの登場人物、とりわけ洗練された精神と判断力の持ち主とされるウェストン夫人やナイトリーさえもが、他者の人格や心情、さらに人間関係について読み間違うことから、じつは個人の欠点ではなく、他者認識のシステムそのものを問題視した作品と言える。財産と家柄と教養が相関しつつ整然と秩序づけられた従来の安定したコミュニティでは、人々に「広く浸透する礼儀正しさの基準」(“manner” n.6a *OED*) として他者認識の有効な手段でありえたマナーが、ウェストンやベイツ夫人、さらにはコール家などの運命の浮沈に典型的に示される流動的な社会では、すでに有効な指標とはなりえないことが、登場人物たちの犯す認識の誤謬によって暴露されている。

さらに、この物語では、他者認識のいまひとつの指標である言葉の危うさも提示される。たとえば、ジェインのもとに匿名で届けられたピアノの贈り主を不倫相手のディクソンだと考えるエマの疑惑を巧みに利用しつつ、フランクが多くの人々の目の前で密かにジェインへの愛を訴える場面 (*E* 249) は、他者認識の重要な手がかりであった言葉が、意味の重層性のゆえに、意図的な隠蔽や偽装の手段となることを読者に実感させる。さらに、フランクのハイベリー訪問が延期されたとナイトリーに告げる場面で、エマはナイトリーと言い争った挙句、「その問題について、自分の本当の意見とは正反対の立場を取り、ウェストン夫人の自分に対する反論を、今度は自分自身が用いているのに気づく」(163)。エマ自身も意識しないナイトリーへの恋心が露呈するこの場面では、人間は本来理性的、合理的なものではなく、むしろ一瞬の感情、あるいは情念によって動かされる衝動的な存在であることが示される。つまり、物語の核心は、他者の実体を見通す正しい他者認識の方法を追求することではなく、むしろその不能を、そして知性では測れない衝動的、分裂的な「自己」の本質を知ることにある。数々の〈見誤り〉を繰り返すエマの視点が物語の大部分を覆っている理由も、じつは作者のこの人間観にあると言えよう。つまり、極めて知的でありながら衝動的でもあるヒロインの視点を中核に据えることで、認識の緻密なメカニズムとそのアポリアが浮かび上がってくる仕掛けなのだ。

最終的にフランクの告白の手紙ですべての謎が解き明かされ、ナイトリーへの愛を確認したエマが、「過去の過ちからの教訓」を得ながら、「彼女は真剣だった。ありがたいと思う気持ちにおいても決意においても真剣だった。それでも時にはその最中においてさえ笑わずにはいられなかった」(456)と描かれるのは、この「笑い」がもたらす一種の判断停止こそが、他者や自己に関する認識のメカニズムとそのアポリアを提示するこの作品において、最終的に作者が指し示す健全さの秘訣であることをも明らかにするだろう。

### ▼認識と自己投影

こうした『エマ』における認識の意義を踏まえて『ミドルマーチ』を見れば、先に示した両作品の相違の理由も理解できよう。『エマ』においてはヒロインの軽い「しくじり」の一つとされるエルトンへの〈見誤り〉が、『ミドルマーチ』ではヒロインとその夫カソーボンとの夫婦間の葛藤としてより広範な角度から深刻に取り扱われていることはすでに指摘した。エマがエルトンの人格や感情を読み間違うのと同じく、ドロシアもカソーボンの実体を見誤り、結婚後に激しい幻滅と葛藤を味わうことになる。しかし、カソーボンの実体をドロシアが見誤った原因は、『エマ』の場合のような認識の指標のゆらぎではない。「ドロシアはこの時にはすでにカソーボン氏の精神の計り知れない貯水池の深みを覗き込み、そのぼんやりとした迷路のような広がりに彼女自身が持ち込んだあらゆる美点の投影を見た」(24 傍点筆者)、あるいは「ドロシアの信頼はカソーボン氏の言葉が言わずにおいたようなものすべてを補った」(50 傍点筆者)とあるように、『ミドルマーチ』に特徴的なのは、認識の行為が本質的に他者の中に観察者本人の願望や資質を映し出す自己投影の作業でもあることなのだ。そのことは、ロザモンドの兄のフレッドが「自分の気持ちの反映」を「伯父フェザーストーンの心底」(*M* 119)に見出し、銀行家バルストロードがヴィンシーに「自分自身の姿が意に沿わない形で映し出されている」(131)のを発見する場面からも明らかである。

もちろん、『エマ』においても、見る者の自己投影としての他者認識の可能性は、たとえばクーパーの「自分が見たものは、自身が創り出したもの」という一節に照らして、ナイトリーが自分の解釈の正当性を検証する場面に示されてはいる(340)。しかし、『ミドルマーチ』ではその問題がさらに敷衍されて、ヒロインを中心とする人々の〈見誤り〉の中核に据えられている。しかも語り手は、

ある朝、ローウィックに到着して数週間後に、ドロシアは——しかしなぜいつもドロシアなのか。彼女の視点がこの結婚に関する唯一の視点だろうか。われわれの興味や努力のすべてが、悩みがあってもはつらつと見える肌の持ち主への理解に向けられることに異議を唱えたい。なぜならその肌もまたいつかは色あせ、年長者が味わうような人の心を蝕む悲しみを知るに至るのに、それを無視する手助けをすることになるからだ。(*M* 278)

と語って、ドロシアの〈見誤り〉が生み出した夫婦間の葛藤を、ドロシアだけでなく、カソーボンの視

点からも解説して彼の苦悩をも内側から描く。それは『エマ』において、求婚を拒絶されたエルトンの心情が、ほとんど描かれないのときわめて対照的だ。生涯をかけた研究が実は不毛なものに過ぎない。それを疑いながら、認めることができないカソーボンは、「それに値すると証明できなかったのに、本来あるべき地位が自分に与えられていないという病んだ意識」（*M*417）に常に捉えられている。しかも、研究の執筆刊行を勧めるドロシアの中に、自分を不当に扱う「この残酷な外の世界の非難者」（200）、あるいは「不当に低く評価され失意の内にある著者をとりまくあの浅薄な世間の体現者」（201）を見出してしまう。もちろん、カソーボンの見るこのドロシア像もまた、鬱屈した彼自身の意識の投影と見ることもできようが、さらに注意すべきは、カソーボンがドロシアの中に個人の資質ではなく、「世間」という不特定多数の存在から成る敵対者を見出していることだ。

▼コミュニティの力

もとより『エマ』においてもコミュニティの存在は描かれていた。しかし、それはたとえば、

……エルトン夫人の新しい知り合いの大部分は、褒めるのが好きというか自分で判断する習慣がなかったので、ミス・ベイツの善意に倣って、あるいは花嫁は当然本人が主張する通り、賢くて愛想のよい人物なのだと考えて満足していた。だから夫人の褒め言葉はしかるべく口から口へと伝わり、ミス・ウッドハウスによっても妨げられることはなかった。彼女は、最初の褒め言葉を繰り返し、十分にわきまえて「とても感じの良い優雅な装いですわ」と言い続けた。（283）

とあるように、判断力を欠いた人々がそれゆえに抱く善意の表れとされ、個人を脅かす力を持たない。しかし、『ミドルマーチ』におけるコミュニティは、カソーボンが意識するように、個人を脅かす悪意の象徴としてある。人間を「隣人の間違った憶測にさらされる一連の記号」(142)と呼ぶ語り手は、オースティンと同じく他者の実体の捉えがたさを示しながらも、「世間とはわれわれの最高の自己を養う乳房だとする道徳上の馬鹿げた考えの中にわれわれは皆生まれてくる」(*M* 211)と言う。したがって、このエリオットの語り手が、「誤った憶測」に満ちたコミュニティを個人の自己の最良の部分を養う「乳房」どころか、それを脅かす悪しきものと捉えているのは明らかだ。

じっさい、早い時期にその「道徳上の馬鹿げた考え」から抜け出したと言われるドロシア(*M* 211)でさえもが、常にコミュニティの影響力のもとに置かれ、そのために激しい葛藤を抱える。ドロシアがカソーボンの実体を見誤ったのも、「狭量な教育の枷の中でもがき、つまらぬ道が作り出す迷路、どこにもたどり着かない小道から成り、壁に囲まれた迷路にしか見えない社会的な生活に閉じ込められていた」(29)彼女にとって、彼が提示する「男性的な知の領域こそが、あらゆる真実を一層正しく見ることのできる立ち位置だと思われた」(64)からだ。つまり、彼女の〈見誤り〉は、男女の教育の格差、ジェンダーを基盤とする社会の制約から逃れたいともがく彼女の葛藤がもたらした悲運にほかならない。

## 5 ゴシップと暴力

## ▼個人からコミュニティへ

このコミュニティとの葛藤を、よりドラマティックな形で示しているのが、『エマ』との今ひとつの大きな相違点となる、リドゲイトに係わる疑惑の物語だ。パリで医学を学んだ彼は、「陰謀と嫉妬と社交のへつらいが蔓延するロンドンを離れて、いかに時間がかかろうと、ジェンナーのように、自分の業績の価値だけで、有名になろう」(*M* 145)と決心して田舎町ミドルマーチにやって来る。しかし、内科と外科の知識の分離に抵抗し、処方のみで調剤をしないという改革の方針が、自身の地位の保全に汲々とする内科医と開業医、さらには調剤を求める患者たちの不審を招き、因習的なミドルマーチのコミュニティから孤立していく。しかも、贅沢な生活に慣れたロザモンドとの結婚生活を維持するために多額の借金を抱え込んだ彼は、妻の叔母の結婚相手である銀行家のバルストロードから千ポンドの融資を受ける。そのためバルストロードがかつて不当な手段で財産を築いた時の共犯者で、それをネタに彼を強請っていたラッフルズの死に手を貸したのではないかという疑惑を招いてしまう。

しかし、確かめようがないが有罪だという漠然とした確信は、しっかりした先輩医師たちにさえ首を横に振って辛辣な当てこすりを言わせるのに十分だったし、一般の人々にとっては、事実よりもはるかに大きい不可思議な力を持った。誰だって事実が何かをただ知るだけよりも、憶測する方を好む。なぜなら憶測は何かを知ることよりも容易《たやす》く大胆になれるし、矛盾があってもそれをいくらでも許容するからだ。(720)

根拠のない憶測が引き起こす〈見誤り〉は、『エマ』では定かな他者認識の指標を欠いた社会の中で個々の登場人物が遭遇、対処すべき問題とされていた。一方、『ミドルマーチ』においてはコミュニティ全体に浸透するゴシップの形を取る。高邁な理想を持ち、「彼自身の科学的探究と社会全体の進歩のため」（145）に因習的なコミュニティに対抗しようとするリドゲイトの葛藤は、語り手が指摘するように、「巨大な自己と取るに足らない世間」（648）の対立の構図を読者に意識させる。そして、それこそが『エマ』から『ミドルマーチ』に至る様々な変更の理由とも言える。

疑惑の対象が女性であるジェインから男性のリドゲイトに代わり、それに連動して疑惑の内容が不倫関係から殺人幇助あるいは隠蔽の罪へと変更されたのは、職業を持つ男性の方がはるかに社会との関わりが深く、コミュニティの問題を多角的に提示できるからだ。〈見誤り〉を犯す主体がエマを中心とする個人からコミュニティそのものへと変更されているのも、まさにこのコミュニティの存在をエリオットが作品の中心に据えようとしたことの表れにほかなるまい。

### ▼内在するコミュニティ

さらに重要なことは、語り手がこうしたリドゲイトの葛藤を個人と社会の単純な対立項として提示するのではなく、「思考と有効な行為が彼の周りに立派な形で存在するのに、彼の自己は狭められて惨めに孤立し、利己的な恐れや、その恐れに関係する出来事への低俗な不安に落ち込んでいるという感覚」（*M* 662）、つまりリドゲイト自身に内在する問題として提示していることだ。しかも彼は、リドゲイトの陳腐な点は、彼の先入観の様態に見られた。高潔な意図と共感を持っているにもかかわらず、その偏見の半分は世間一般の人々に見られるものだった。彼の知的な熱意に見られる卓越した精神が、家具や女性についての感情や判断、あるいは自分が他の田舎医者より良い生まれだということを（自分で口にする気はないが）知って欲しいという欲望を貫くことはなかった。(150)

と、その二面性が指摘されている。「彼自身の中の二つの自己」(152) の一方は、家具や女性に対する判断や出自に対する自負といった、いわゆる世間的な価値観なのだから、コミュニティは単に彼の外部にあるのではなく、切り離すことのできない自己の内部として、リドゲイトの存在の中に織り込まれている。じっさい、彼の転落の大きな要因となるロザモンドとの結婚は、「当時の不運な男性が愛さずにいられない」(268) 優美なたしなみを備えた彼女を、「彼を満足させる愛情と美と安らぎを促進する甘美なものをもたらす女性」(358) だと見誤ったためであって、そうした彼の誤謬を生み出しているのは、彼の意識の中に織り込まれた一般的な社会の価値観なのだ。そして同様のことは、ロザモンドやカソーボン、さらにドロシアにも見られる。(9)

『ミドルマーチ』における他者認識が自己投影による見る者と見られる者との相互作用の上に成り立つことは、すでに見たとおりだが、語り手がその創作原理を語る「少なくともある種の人たちの運命を解き明かし、それらがいかに織り出され、また互いに織り合わさっているかを見るために、するべきことは沢山あるので、私が意のままにできる光は、すべてこの特定の織物に集中させなければならない」(141) という言葉は、個人が単に他者との関係性の中にあるだけでなく、コミュニティの一部を成す個人がその自己の内部に社会の価値観を織り込まれていることをも示唆する。様々な憶測や誤解や陰謀が渦巻く浅薄で残酷な社会に抗いながら、その実、社会の価値観を切り離しようのない自己の一部として抱え込んだ人間が、そのために様々な〈見誤り〉に落ち込む世界。そうした世界を生き続けなければならない人間の苦闘を多様な人物の多角的な視点から提示する『ミドルマーチ』が、人間の究極的な不可知性を「笑い」という一種の判断停止によって切り離し、容認する『エマ』とは異なる悲劇的な様相を帯びるのは当然だろう。

物語の最後、「人は皆、群衆の中をもがきながら引きずられていくものだ」(*M* 762) と感じていたリドゲイトは、ドロシアの信頼に応えてラッフルズの死に関する事実を彼女に打ち明け、自身の潔白を彼女に説明することで本来の自己を取り戻すが、それでも彼は「結局のところ人々が僕に対して事前に持っていた考え以外には僕を支える証拠はない」(768) と、誤謬や偏見に満ちた社会の中にあって、コミュニティ全体が受容する真実の不在を語る。同様に、その「寛容な共感」(763) によってリドゲイトの真実に到達したドロシアも、「偉大な感情がしばしば過ちと見え、偉大な信仰が幻想に見える不完全な社会状況」(838) のただ中で、自身が「無意識のうちに鼓動するあの世界の一部で、その世界を今いる贅沢な避難所から単なる観察者として眺めることも、利己的な不満を言って目を塞ぐこともできない」(788) ことを自覚するのである。このように、「物事の核心に到達する」(64) ことを求めたヒロインが、自分もまた偏見が支配する世界の一部として、誤謬に満ちたコミュニティの視点を容認するに至る『ミドルマーチ』は、「笑い」に伴う一種の判断停止によって世界との心理的距離を確保しようとする『エマ』とはまさに対照的な姿勢を示している。『ミドルマーチ』において、エリオットは、オースティン小説を基盤に据え、それに様々な変更を加えながら、社会や個人、そして人間認識についての彼女独自の見解を提示しているのだ。

『ミドルマーチ』に私たちがいま読み取ったオースティン小説からの変容の諸相は、エリオットのオースティンに対する批判的読みを具体的に示すものと言えよう。『ミドルマーチ』において、フェアブラザー牧師が語る「人格は大理石に刻まれているのではありません。堅くて変化しない何かではなく、生きて変化するものなのです」(734)という言葉が示すように、個人をコミュニティや歴史の流動的な一部と考えるエリオットにとって、決して変化しないヒロインを持つ『エマ』のピカレスク的な世界は、本質的に相入れない要素を持っていたに違いない。しかし、『ミドルマーチ』の結末、高邁な理想を掲げながらも理不尽な社会にあって道半ばで挫折する登場人物たちの中で、唯一幸福を掴む人物がいることを忘れてはならない。[10] 土地の管理人であるケイレブ・ガースの娘のメアリである。

メアリが幼い時から愛し、ケイレブに弟子入りして農場の管理者となるフレッドと結婚するのは、『エマ』の結末に置かれたロバート・マーティンとハリエットの結婚を髣髴させる。エマの〈見誤り〉に翻弄されたハリエットの幸福な結婚が、ヒロインと理想の男性ナイトリーとの結婚という『エマ』の大団円を成立させる重要な要素であれば、フレッドとメアリの結婚もまた、理想とは程遠いドロシアの結婚とパラレルを成しながら、エリオット独自の幸福の形を示している。

注意すべきはそのメアリが、『プルタークの英雄伝による偉人の物語』という本を出版することだ。「正直さと真実を語る公正さがメアリの主な美徳だった。彼女は幻想を作り出そうとはしなかったし、自分のためにそれにふけろうともしなかった。そして機嫌がいい時には自分自身を笑うだけのユーモアを持っていた」（*M* 113）と描かれる彼女は、多くの登場人物が理想を追ってある種の幻想を抱く中で、そうした幻想なしに現実を見る特異な存在である。しかも、「彼女はすでに世間を大層な喜劇だとみなすようになっており、その中で卑しく不誠実な役まわりはしないという誇り高い、いや寛容な決意を固めていた。メアリは尊敬する両親と、愛情に満ちた感謝の泉が自身の中になければ、冷笑家になっていたかもしれなかった」（314）と描かれる。世界を喜劇と見る視点を持ちながらも、シニシズムに落ち込まず、自身を笑うだけのユーモアを備えた彼女は、『エマ』の小説世界のあり方にも通じ、しかも彼女自身が作家となることから、『エマ』の作者オースティンを想起させずにはいない。少なくとも『ミドルマーチ』という深刻で悲劇的な世界とは異質に見えるメアリを、物語の最後で慎ましくも唯一その希望を叶えた成功者とすることで、自分とは異なる世界像を提示するオースティンという先輩作家に、エリオットはひそやかな、しかし確固としたオマージュを捧げたのではないか。

## 注

（1）ルイスは『マンスフィールド・パーク』や『エマ』に加えて『高慢と偏見』もオースティンの代表作としているが、『高慢と偏見』への言及は、エリオットの日記には見つからない。

（2）“Feb. 1, 1857” と “May 13, 1857”（Eliot, *Journals* 65, 69）、“Sunday 17th. GHL Journal, May [11]–18, 1857”（Eliot, *Letters* 2:327）を参照。エレン・モアズは、エリオットに唯一欠けている「劇的な提示の仕方」を学ばせるために、「一八五七年の二月から九月にかけて、ルイスはジョージ・エリオットにオースティンの全作品を読ませた。一緒にゆっくりと声に出して一作品ずつ読ませたのだ」と述べている(48)。

(3)「エイモス・バートン師の悲運」の執筆を開始したのは、一八五六年九月。クリスマスには「ギルフィル氏の恋物語」を書き始め、「ジャネットの悔悟」は翌年五月二一日に執筆を開始。そして、一〇月二二日に最初の長編小説となる『アダム・ビード』の執筆に取りかかったとある(Eliot, *Journals* 63, 64, 69, 70)。

(4)ルイスは一八五二年のエッセイ「女性作家たち」でもオースティンを称賛し、オースティンの才能である「劇的な提示の仕方」("Austen" 449a)の有無が、小説家エリオットの成功を左右すると考えていたことが、エリオットの日記に記されている(*Journals* 289–302)。

(5)たとえば「ギルフィル氏の恋物語」を執筆していたこの時期の日記に、エリオットは何日も頭痛に襲われて執筆ができなかったことを度々訴えている。"Jan. 19–23, 1857" や "Feb. 11, 1857" (Eliot, *Journals* 65, 67)を参照。

(6)じっさい、ヒロインの社会的位置づけや外観などの描写から始まる作品は、エリオットの中では珍しく、その意味でもヒロインの描写から始まる『エマ』への意識が読み取れるのではないか。ニーナ・アウエルバッハも「ドロシアは、マギーよりもジェイン・オースティンの尊大で生かじりのエマ・ウッドハウスに近い」(92)と、両者の類似を指摘する。

(7)デイヴィッド・トロッターは、この作品における性愛が説得力を欠く理由として、「ドロシア・ブルックが自身のセクシュアリティに無自覚なままで、その結果それをコントロールできないのは致命的だ」(43)と語るが、それもまたエマがナイトリーに対する情念をなかなか意識できなかったことに通じよう。

(8)以下に要約する『エマ』における認識の問題については、拙論「笑うヒロイン」(53–80)を参照。

(9)ケイト・フリントは、『ミドルマーチ』における身体の物質性の意義を論じ、「エリオットもまた、受容器(receptors)を周囲の環境から、あるいはそれゆえに、字義通りのものを隠喩からはっきりと区別するのが難しいが、その大いに共生的で双方向的な作用に興味を持っていた」(81)と述べて、従来のように単に個人を社会の分かちがたい一部と見る見方に止まらず、後にテレサ・ブレナンが『情動の伝播』で主張したような、精神と肉体あるいは物質の一体化の概念について論じている。こうした作家の姿勢は、ここで取り上げた人間認識におけるコミュニティの機能の基盤を形作っていると言えるだろう。

(10)ジリアン・ビアもこの物語の結末において成功者が不在であることを、作品の特質として指摘している。もっとも、ビアは、「ジョージ・エリオットは作品が取り扱う領域を、登場人物たちの能力、あるいは出世の見込みの範疇を超えたところに設定している」(28) と述べており、メアリのことを成功者とは考えにくいと主張している。



## 参考文献


Auerbach, Nina. "Dorothea's Last Dog." Chase, pp. 87–106.

Austen, Jane. *Emma*. Edited with an Introduction by Ronald Blythe. Penguin, 1966.

Beer, Gilliam. "What's Not in *Middlemarch*." Chase, pp. 3–35.

Brennan, Teresa. *The Transmission of Affect*. Cornell UP, 2004.

Brontë, Charlotte. *The Letters of Charlotte Brontë*, vol.2. Edited by Margaret Smith. Oxford UP, 2000.

Chase, Karen, editor. Middlemarch *in the 21st Century*. Oxford UP, 2006.

Eliot, George. *Middlemarch*. Edited with an Introduction and Notes by Rosemary Ashton. Penguin, 1994.

——. "Silly Novels by Lady Novelists," *Westminster Review*, vol. 46, Oct. 1856, pp. 442–61. *George Eliot: Selected Critical Writings*. Edited by Rosemary Ashton. Oxford UP, 1992, pp. 296–321.

——. *The George Eliot Letters*, vol. 2. Edited by Gordon S. Height. Yale UP, 1954.

——. *The Journals of George Eliot*. Edited by Margaret Harris and Judith Johnston. Cambridge UP, 1998.

Flint, Kate. "The Materiality of *Middlemarch*." Chase, pp. 65–86.

Lewes, George Henry. "The Lady Novelists." *Westminster Review*, vol. 58, July 1852, pp. 129–42. Olmsted, pp. 39–51.

——. "Recent Novels: French and English." *Frazer's Magazine*, vol. 36, Dec. 1847, pp. 686–795. "*Frazer's Magazine* 1847–12 Vol. 36 Iss. 216." *Internet Archive*. https://archive.org/details/sim_frasers-magazine_1847-12_36_216/page/696/mode/2up.

——. "The Novels of Jane Austen." *Blackwood's Magazine*, vol. 86, July 1859, pp. 99–113. Olmsted, pp. 443–57.

Lodge, David. "Beginning." *The Art of Fiction: Illustrated from Classic and Modern Texts*. Penguin, 1992, pp. 3–6.

Moers, Ellen. *Literary Women: The Great Writers*. Oxford UP, 1963.

Murray, James A.H. et al., editors. *The Oxford English Dictionary*. 2nd ed. Prepared by J.A Simpson and E.S.C. Weiner, vol. 9, Clarendon, 1989.

Olmsted, John Charles, editor. *A Victorian. Art of Fiction: Essays on the Novel in British Periodicals 1851–1869*. Routledge, 1979.

Trotter, David. "Space, Movement, and Sexual Feeling in *Middlemarch*." Chase, pp. 37–63.

新野緑「笑うヒロイン――『エマ』における言葉・マナー・認識――」『英国小説研究』第二三冊、英潮社フェニックス、二〇〇八年、五三―八〇頁。

## 図版出典

図４－１　George Richmond, "Charlotte Brontë" chalk, 1850, NPG 1452. © National Portrait Gallery, London.https://www.npg.org.uk/collections/search/portrait/mw00798/Charlotte-Bront?LinkID=mp00572&role=sit&rNo=1.

図４－２　Cassandra Austen, "Jane Austen" pencil and watercolour, circa 1810. NPG 3630. © National Portrait Gallery, London. https://www.npg.org.uk/collections/search/portrait/mw00230/Jane-Austen?LinkID=mp00179&search=sas&sText=jane+austen&OConly=true&role=sit&rNo=1.

# 第5章

# 『説得』と『ミドルマーチ』

## ——「はじまり」と「終わり」の狭間で

惣谷美智子

ジョージ・エリオットがオースティンの作品に深く敬服していたことは十分な証拠がある。……しかし、偉大な独創的作家間の影響というものは明示するのがもっとも困難な類のものである。たとえそれがもっとも深遠なる重要性を帯びていることがわかっている場合でさえ。

（F・R・リーヴィス）

本章では、ジェイン・オースティンの『説得』とジョージ・エリオットの『ミドルマーチ』を取り上げ、両作品の幕開きから展開部分、そして結末の段階にいたるまでを作家の手法（の企み）も含めて読み進めながら比較検討し、最終的にはヒリス・ミラーの『ミドルマーチ』の読みについても考えてみたい。彼のその二一世紀的な読みは、「読み」というものの本質を示唆し、同時にリーヴィスが七〇年あまり前に残した、ある種の謎にも通じるものがあるように思われるからである。

### ▼喜劇と「人生批評」としての小説

オースティンの『説得』と、エリオットの『ミドルマーチ』とでは、その幕開きはまったく対照的なものとなっている。前者が喜劇であり、後者が「人生批評（criticism of life）」（Cecil 291）としての重厚なリアリズム小説であってみれば、両者の対照性は当然のことのように思われる。しかしここで注目したいのは、少なくとも作品の幕開けに続く主人公たちの立ち位置をみるかぎり、両作品は、喜劇と「人生批評」的リアリズム小説といった、二つのジャンルのむしろ逆転のほうを想起させることである。

その要因の一つとして二人の主人公が帯びている〈時制〉の対照性があるだろう。『説得』の幕開きでは、主人公アン・エリオットは失恋という過去に閉じ込められた者であり、彼女は娘盛りをすぎ、まさにいま結婚市場からはじき出されようとしている。他方『ミドルマーチ』のドロシア・ブルックは自他ともに認める前途有望な若い女性であり、なにか大志のようなものを抱き、未来の可能性に向かって突進しようとしている。二人の主人公が帯びる過去と未来の屹立した対比は、むしろ前者が悲劇性、後者が喜劇性を帯びているような印象さえ与えるのである。

リチャード・B・シューウォルは悲劇と喜劇の関係を、最高の喜劇というものは悲劇の可能性を感じさせるものであり、他方、もっとも深遠な悲劇は、喜劇の世界を、一瞬であれ垣間見させるものだとして以下のように続けている。

悲劇的なものが感じられなければ、喜劇はその核心を失い、弾力性を欠く脆《もろ》いものとなり、活気はあっても生命力を失くしてしまう。他方、喜劇がもつ真実の認識がなければ、悲劇は侘しく耐えがたいものになる。(1)

シューウォルの指摘からオースティンとエリオットの二作品を透かしてみれば、両者とも一つの作品のうちに悲劇性と喜劇性、その両要素を持ち合わせており、二人の主人公たちが孕むこうした矛盾、揺らぎのようなものはともに、まさに波乱含みの未来を読者に予想させる。主人公たちの状況の対照的な意外性も含め、幕開き早々、謎を読者に仕掛けてくる点で、またプロット転換部分の手法、そして幕引きの微妙さにおいても二作家の企みは興味深い交差をみせるのである。

## 1　ジェイン・オースティン『説得』

▼はじまりは、ソット・ボーチェ――「変わり果てた」主人公

オースティンの主人公が一種の精神的孤児状態にあることは、なにもアンに限らない。しかし、アンと他の主人公たちとの間には「二七歳」という厳然とした断絶がある。少なくともオースティンの結婚プロット、そして当時の結婚市場から透かしてみれば、アンは『高慢と偏見』のシャーロット・ルーカスと同じ状況にある。『説得』ではアンのこれまでの「小さな歴史」が手短に語られる。一九歳で初恋相手フレデリック・ウェントワースとの出会いと婚約。しかし、海軍士官という彼の不安定な社会的、経済的状態と、楽天的な気質を危惧する周囲の反対と説得による婚約破棄。その後、七年あまりが過ぎたが、彼女の狭い交際範囲では、「自分の思い出の中にあるフレデリック・ウェントワースほどの男性は二度と現れなかった」(*Per.* 30)――この主人公にはそうした過去の小さな歴史があり、そして「いま」、彼女が直面しなければならないのは、過去の恋人との無残ともいえる再会であり、そして再会直後、告げられるのは、彼が漏らしたとされる言葉である。

「ウェントワース大佐は、アン姉さまには、あまり優しくされなかったわねぇ。私にはなにかと気を遣ってくださったのに。帰ってからヘンリエッタが大佐に、お姉さまのこと、どんなふうに思っ

ていらっしゃるのかお伺いしたら、『あの人は変わり果てていて、だれだかわからなかった』ですって。」（65）

人づてに伝えられていく彼の言葉によって、アンを閉じ込めていた過去は乱暴に揺さぶり返され、いま彼女は恋人同士であった過去からさえも切り離されようとしている。『説得』もまた、オースティンの他作品同様、「お茶の間《ティー・テーブル》」の予定調和的な喜劇であり、結婚プロットの常として幸福な結末は、作者との間で了解済みではありながらも、しかし、オースティンの読み手は一抹の不安を感じずにはいられないでいる。ここにはたとえば『高慢と偏見』の冒頭に仕掛けられた、あの有名な竜頭蛇尾――「普遍的真理」の高邁さと、それに続く「資産家の独身男性は妻をほしがっているにちがいない」（3）といった卑俗で打算的な世間の思惑――これら二者の衝突が引き起こす、勇壮なまでのアンチクライマックスは望むべくもない。読者の側に哄笑はない。オースティンのレトリックも、アンの人物造形と呼応するかのように、たとえば『高慢と偏見』での大仕掛けは影をひそめ、実に抑制がきいたものとなる。

この存在の希薄な主人公は、物語の幕開きではどのように読者に伝わっていくのだろうか。まずテクストの文字通りの〈姿《フィギュア》〉によって文体論的視点も含めてみていきたい。

まずバーラート・タンドンはテクスト上に託された意味、その表情に読み取りの目を凝らしている。「数年前にはアンはきわめて美しい娘であった」（*Per.* 6）――オースティンは主人公についてそう語りはじめるのだが、「……であった（had been）」という過去完了時制で処理されるアンの人生の生き辛さを、タンドンは頻出するダッシュに読み取っている（232–33）。

第三章になってようやく主人公アンは登場する。しかし彼女が口を開こうとすれば、まずテクスト上に立ちはだかるのが、長いダッシュである。タンドンは、こうしたダッシュに「一体化」したアン、つまりアンの不在の印をみてとり、オースティンのこの話中頓絶法（aposiopesis）的手法自体が、幕開き時点で、この主人公をすでに語りから切り離された存在にしてしまっていると指摘している。斬新な切口である。そしてタンドンの論をここでさらに敷衍してみれば、結論を少し先取りすることになるのだが、読者がアンに惹きつけられるのもまた、そのダッシュと無関係ではないだろう。話中頓絶法によって不完全なまま途中放棄された結果、生じた不在（空白）に、むしろ半ば魅せられる読者がいても不思議ではない。オースティンはエリザベス・ベネットについて「この主人公を好きになれない人など許せそうにもない」（*Letters* 201）と一八一三年一月二九日付の書簡において明言したが、他方、アンについては一八一七年三月二五日付の書簡で「よすぎる（too good）」（335）主人公であると感想を漏らしている。そうした違いもまた、あるいは主人公の不在（感）と関係があるのかもしれない。

タンドンは、こうした『説得』のテクストの表情に「ソット・ヴォーチェ」（231）、つまり故意に小さな声になって歌われるために、聞く者の耳をかえってそばだたせることになる歌唱法を重ね合わせている。オースティンがテクスト上に歌い出したソット・ヴォーチェ、それにときおり紛れ込んでくる過去の恋人の暴力的な言葉「あの人は変わり果てていて、だれだかわからなかった」――しかし、それがこの喜劇のはじまりなのである。

## ▼「ユニオン通り」の光景──無視されているものを描く

つぎには、こうした意外な幕開きをもつ物語が後半どのようにプロットの転機点を迎えるのか、「ユニオン通り」を取り上げてみていこう。ユニオン通りは、アンとウェントワースがついに相互理解にいたり、和解がなされる一つの山場を構成するが、しかしむしろおそらくそれゆえに、オースティンは、読者には象徴的な読み取りの空白とでもいえそうな場を呈示して、自らは語りの進行からふと身をかわしてみせる。その肝心な場面で作者は、主人公たちを取り囲む「周囲の人々」、つまり通りをゆく散策者たちの光景をあたかも一幅の絵、スケッチのように読者に差し出しながら、自身はいわば透明化してしまうのである。

「周囲の人々」の存在を切口にすれば、このユニオン通りはその前段階であるパーティ場面と、プロット上も、またオースティンの手法上も、いわば地続きとなっているので、まず前場面について簡単に触れておこう。パーティでは、人目をはばかる元恋人同士の意思疎通は、対話と書簡の混淆といった変則的なものにならざるを得ない。パーティでは、アンは第三者である対話相手に男女の違いを話している。なるほどそれは一般論ではあるのだが、実際のところ、ウェントワースに対する彼女自身の心の吐露に他ならない。

「男の方は、外ではどんな重要な任務でも果たし、また家庭的な苦労にも耐えられると私は信じています。でも──もしこう申し上げてもよいなら──それは、目標あってのことですわ。つまり、あなたの愛する女性が生きている、あなたのために生きている間は、ということなのです。私たち女の側でただ一つお認めいただきたい特権は（これは大して羨んだり、欲しがっていただくことでもないのですが）、愛する人がこの世にいなくなっても、望みが絶たれても、ずっといつまでも愛し続けるということなのです。」（256）

そして他方では、アンのほうを一顧だにしていないはずの元恋人が、実はそうしたアンの言葉に響き合いながら、彼女に対する自らの心情を切々と書簡のテクストに織り込んでいくのである。『説得』で展開される、こうした対話形式と書簡体との見事なまでの融合は、作家が一九歳のとき執筆したとされる書簡体小説『レイディ・スーザン』での弱点を見事に克服している。

かつてその若書きでは、臨場感溢れる対話表現がかえって仇となり、それが書簡体本来の領域を揺さぶり、侵食しはじめていたのだが（Soya）、しかし作家晩年の『説得』では、この場面は両形式の混淆ならではの、むしろ重層性を帯びた構築物が読者に呈示される。周囲の人間に絡め捕られそうな閉塞感が、元恋人たちに意志疎通への挑戦を促すという設定は、そのまま作者自身の文体への果敢な挑戦でもあっただろう。

しかし、パーティ後、二人が再会する一つの山場、ユニオン通りの場面では、周囲の人間たち（夾雑物）は取り除かれ、街角の光景は、二人の解放感を象徴するかのように自由で爽快感に満ちたものとなる。

二人はゆるやかな上り坂でそぞろに歩を進めながら、まわりをゆく人たちの群には無頓着に、そして漫歩する政治家たち、騒いでいる家政婦たち、ふざけ合っている小娘たち、また子守りや子どもたちには目もくれないで、さまざまな思い出話や詫びごと、とりわけついさきほどのことの弁解などに浸ることができた。それらは深く心にしみわたり、いつまでも興味の尽きることはなかった。（261–62）［図5－1］

ここでは、作者によってプロットから切り取られたような長閑な日常の一幅、人々の安逸の図が読者に直接呈示されるのだが、それは来たるべきアンとウェントワースの最終的和解を予期させ、読者を素朴に惹きつける一節となっている。そして研究者もまた魅了されるのだ。たとえばノーマン・ペイジは、文体論的な視点から、この場面のオースティンの対句を分析し、この作家に依然、根強く残るサミュエル・ジョンソンの影響である対句、つまりバランスへの信奉を指摘するのだが、おそらく彼もまた心の琴線に触れられたのだろう。オースティンの対句の穏やかで抑制された絶妙な筆致の中にも、躍動する作家の緊密な感情を読み取っている。そしてヴィクトリア朝にも比するそうしたオースティンの感情の高まりは、ジョンソンに代表される論理的な理性を凌

図5–1　ジョン・クラウド・ナッツ「シドニー・ガーデンズ　バース　1805」（1805年）

アンとウェントワースが出会うユニオン通りもまた、図版にみられるような雰囲気だったのであろう。オースティン一家は1801-1804年、このシドニー・ガーデンズの向かい側に位置するシドニー・プレイス4番に住んでいた。

篤しているると彼はみるのである（99–101）。

ヴァージニア・ウルフによって「独特の美しさと独特の鬱陶しさ」（"Austen" 143）を帯びていると評された『説得』だが、しかしペイジの文体論的な読み取りからすれば、この新しい種類のロマンティックな散文は「鬱陶しさ」どころか、内に感情の躍動を秘めた挑戦的なものであり、それはオースティンを一八世紀的シンタックスの伝統から飛躍させる「さらに激烈な門出」（Page 101）を標すものとなるのである。

「彼女［アン］は娘盛りに慎重さを強いられ、歳をとるにつれてロマンスを学んだ――不自然なはじまりの自然な結果であった」（*Per.* 32）――凝縮はオースティンの得意とする手法の一つではあろうが、その凝縮によって予め読者に告げられていた『説得』におけるロマンスの神髄のようなものは、ユニオン通りでは一幅の図、光景として読者に直接、手渡されることになる。

そしてペイジは、さらにジョンソンの対句にはなかったオースティン独特の話し言葉のリズムも読み（聞き）取ることになる。彼の「内なる耳（inner ear）」（101）は、その調子が孕む力強さと柔軟性、そして音声の変化とその抑揚までも捉えるのである。幕開きでタンドンが指摘した「ソット・ヴォーチェ」にしろ、ペイジの「内なる耳」が捉える言葉のリズムにしろ、『説得』の文体はこのように読み手側の情感に直接訴える情緒的効果をもつ。他方、作家はここでは自らの本領である知的操作（反語）も仕掛けてくるのである。

アン・トナーはユニオン通りの一節に、オースティンの兄たちが発行していた雑誌『ロイタラー』からの影響を示唆し、その酷似部分を引用しているが（127–28）、しかし、ここでさらに注目したいのは、そうした単なる字句の一致であるよりも、オースティンがこの個所で反語（的否認）(apophasis) という手法を、自分なりに咀嚼して自家薬籠中のものとして息づかせていることである。前段階のパーティ場面では、対話と書簡体の混淆という、読みの重層性へと読者を導いた作者は、ここに至って反語という、一瞬、読者に目配せするような文の姿を企むのである。

前述したように、遠目に眺められる散策者たちの活気は、アンたちの心の内に蘇っていく恋の回復、そして読み手が抱く幸福な結末への期待に見事、呼応するものとなっている。だがユニオン通りをいま共有するはずの「人々」は、実際のところ、存在しているのだろうか。なるほど主人公たちの〈周囲〉は、依然、頑として存在していることに変りはない。しかし、彼らは作者によっていわば（非）存在化され、巧妙に形を変えられているのである。

彼らは、パーティで主人公たちを取り囲んでいたような知人でもないが、かといってコブでルイーザ・マズグローブの転落現場に駆けつけ、群衆心理を露わにした物見高い卑俗な人間たち（惣谷、「アイロニー」90）でもない。ユニオン通りの「人々」は、いわば宙吊りにされた人々でしかない。というのも、彼らは、厳密にいえば、アンたちが見ないものであるからだ。彼らの存在は、主人公たちが「無頓着で」いるもの、そして「目もくれない」ものとしてオースティンにその非存在を一度ならず念押しされたものなのだ。

物語後半になって、ついに恋人たちの水入らずの再会の場を設定したものの、しかしオースティンのペンは彼らから離れ、ひたすら情景のみを描写していく。なるほど恋人たちにとっては、世界は常に自分たちだけのためにある。そうした陳腐なまでの排他性こそ恋の証となろうが、しかし、主人公たちの和解が成就しようとするその刹那、作者が、当の恋人たちよりは、むしろ彼らによって無視されているはずの背景のほうを丹念に描き出す、ということになれば、それはまた別の意味を帯びはじめるだろう。「見るということは常に解釈である（Seeing is always interpretation.）」（"Optic" 23）といったのは、ミラーであるが、もしそうであるとすれば、オースティンがテクストの最初に配した反語の打ち消し記号、つまり「どちらも見ていない（seeing neither）」と、それに続く「人々」の詳細な描写――これらを二つながらに見てしまったわれわれは、もうすでに、大仰にいえば宿命的に、いわば屈折を孕む「解釈」へと誘《いざな》われてしまっていることになる。

ここで主人公たちの周囲にいる人間の存在、彼らの活気を（そしてさらにいえば、祝福の気配をさえ）感知するのは、だれなのか。二人だけの世界に浸り切っている恋人同士でもなければ、また彼らの紛れもない「無視」を明言している作者でもない。それは読者自身（の読み取り）に他ならないだろう。ペイジが彼のその内なる耳で聴き取ったオースティンのリズムや音が、人間の直観、感性に直接、訴えるものであるとするなら、ここでの反語が刺激するのは読者の読解、理性の領域に属するものとなろう。オースティンがこの街角で試みる手法は、感性のみならず知性の両面で読者を完全に取り込む最強のものとなるのである。

オースティンはジョンソン流のバランス感覚で読者に安定感を与えながら、他方では反語によってささかの揺さぶりも仕掛けてくる。それがまた、ある種の運動を生じさせることは確かだろう。オースティンは、言葉のリズムによって通りをゆく人々の日常の空気感の中に主人公たちを息づかせながら、もう一方では、反語という逆転を仕掛け、その束の間の揺さぶりのうちに、読者を作品世界へとさらに深く引き込んでいく。ここで意味を帯びてくるのは、ユニオン通りを行き交う人々の細部にわたる描写とその「無視」、という二者の落差、それが引き起こす空白のほうであろう。ペイジは、この場面はオースティンの「円熟の極みにある実験」(99)であると賞賛するのだが、それはある種の運動性も内蔵する「実験」であるのだ。

## ▼「話の結びとしては悪い教訓」――「しかし、それが本当のところだろう」

オースティン作品の定石に違わず、『説得』においてもまた大団円が用意されている。しかし、ウェントワースの弁明、愛の誓いが読者に対して真実味を帯び説得力をもち得るのは、彼自身（の造形）にあるのだろうか。おそらくそれは、むしろオースティンの手法によって構築された「ユニオン通り」、さらにいえば読者によってそこに感知された活気、幸福な結末への期待感に大きく支えられているように思われる。

ウェントワース自身は、アンに対して別離以来ずっと不変の愛を貫いてきたことを頑なに主張し、「変わり果てていてだれだかわからなかった」はずのアンは、その同じ話者によって永遠に「決して変わるはずのない」アンに、あっけなく、しかし断固としてすり替えられてしまう。だが、彼の無意識のうちの変化、こともなげに主張される彼のその新しい認識は、受け止める側のアンのほうでもまた、同様にこともなげな無言の微笑で返されるのだ。

それは咎めるにはあまりにうれしい失言だった。女が二八歳にもなって、もっと若かったころの魅力をなに一つ失くしていないと保証されるのは相当なものだったが、以前いわれた言葉と考え合わせても、そしてまた、その誉め言葉が彼の愛の原因ではなく、結果から出たものであると感じられもして、アンにとってはなんともいえぬ貴重な価値をもつものであった。(264)

ここでの彼の屈託のない「失言」は、アンの洞察力がいみじくも見通しているように、彼女への愛情の率直な証であるには違いないのだが、しかし、その洞察力は同時に、彼の依然変らぬ楽天性、頑固一徹さ、片意地、そして迂闊さ、といったものまで、おそらく見抜いてしまうだろう。しかし、アンのもつ知性の距離ともいうべきものは、柔軟であり、決して冷徹なものではない。それは、たとえばJ・B・プリーストリーの慧眼《けいがん》が捉えたように、まず愛情を包括するものとしてある。人が真の愛着を感じるのは、なるほど「常にいくぶんか滑稽味のある人物」なのである(Priestley 9；惣谷「説得」47-49)。

さらにいえば、ここで読者が強く印象づけられるのは、彼の失言(一種の未熟さ)であるよりも、それを素直に喜ぶアンの精神的成熟のほうであろう。二人の結婚に説得性をもたせる要因は、確かに海軍におけるウェントワースの大躍進、社会的地位の向上、経済的安定もあろうが、その鍵は、相も変らぬ気質をもち続ける彼を、むしろあるがままに受け入れるアンの側にある。アンは娘盛りを過ぎており、そして二〇代で『高慢と偏見』を書きはじめたオースティンも、いまや四〇歳になっている。

またこの章が書き直されたものであることも注目に値する。最初の原稿では、オースティンは七年にもわたる主人公たちの心の軋轢を、安易にとまではいわぬにしても、間違いの喜劇《コメディ・オブ・エラーズ》の常套手段に委ね、幸福な結末にまで一気にもっていく。しかし、作者はこの結末に満足したわけではない。ある晩も鬱々とした気分で眠りについたのだが、しかしその翌朝、彼女は「輝くばかりの霊感」とともに目覚めると、すぐに書き直しをはじめる（Austen-Leigh 218–19）。破棄された原稿に記された最終日（七月一八日）から最終原稿の脱稿日（八月六日）にいたる三週間足らずの間に、なにが作家にあったかはわからない。しかし、改稿によって引き伸ばされた一章分、主人公たちの「一日」に起こったこの「ユニオン通り」の出来事によって、オースティンは元恋人同士の、文字通り「再結合《リ・ユニオン》」（*Per.* 240）を確保し、そしてなによりも、間違いの喜劇の常套を超えた、自らの独創性と文学的工夫の結合もなし得たのである。

そして最終章は以下のように口火が切られる。

その後どうなったかは、だれも疑う余地はない。若い二人がいったん結婚を思いついたら最後、いかに貧しかろうと、軽率であろうと、また互いの究極的な幸福に必要だとはほとんど思えないような相手であってさえ、たいていは根気よく結婚にまで漕ぎ着けるものだ。（270）

世間によくありがちな、思慮分別を欠く若者たちでさえ、強引に結婚を勝ち取る——オースティンは、まず世の習いめいたものを持ち出し、その直後に、ましてや、とばかりに「成熟した心と正しい認識をもち、独立した財産をもつウェントワース大佐とアン・エリオットのような男女が、どうしてあらゆる反対を押し切らないことがあろうか」（270）と読者にたたみかけてくる。だがそうした勢いとは裏腹に、作者は予め自身の断り書を隙間に挟み込ませもしているのだ。「これは話の結びとしては感心できない教訓かもしれない。しかし、私はそれが本当のところだと信じている。（This may be bad morality to conclude with, but I believe it to be truth.）」（270）。主人公たちの結婚は、作者自身が信じる「真実（truth）」

の範囲内で決着をみるのである。

こうしたオースティンの〈隙間〉の扱い、微細な揺れという手法は作者の終わりかたにもみられる。彼女は最後になって、いまはめでたくウェントワースの妻となった主人公の誇りや満足に、「戦争」勃発への不安という翳り、一種の空白を忍び込ませる。

未来の戦争を恐れる気持ちのみが彼女の明るい幸福を翳らすものであった。彼女は海軍軍人の妻であることの光栄に浴したが、いち早く気を揉むという税金は払わねばならなかった……。(275)

しかし、この最終行でもまたオースティンは特有の注釈をつける。そうした軍人とは、「国家的に重要性をもつというよりも、もし可能であれば、家庭を愛するということで、さらによく知られている職業」(275)なのである。「戦争」という国家的重大事でさえ、「平時には家庭的なよき夫」というイメージを介在させることによって、それは「家庭」にまで収斂されてしまう。逆にいえば、「家庭」(お茶の間)というものが、国家レベルの問題までをも包括し、呑み込んでしまう。さらにいえば、それを飼い馴らすほどのスケールにまで拡大されていく。オースティンの把握する世界のなんたる伸縮自在さ——だが、それもまた、作者自身の信じるところによれば「本当のところ」、つまりは〈真実〉であるのだろう。

## 2　ジョージ・エリオット『ミドルマーチ』

▼はじまりは、強靭さと脆さと――ドロシアの〈大望〉

これまでみてきたように、アン・エリオットは影の薄い主人公ではあるのだが、それとは対照的に、第一章の幕開けにおけるドロシア・ブルックの登場は確固たる自己肯定、自己信頼ではじまる。しかし、それはむしろ自己認識のまさしく欠如ゆえの恩寵であり、懐疑、逡巡を一切取り込まない彼女の「自己」は、強靭で意気軒昂な外見、そして主人公の自信とは裏腹に、いかにも危なげにみえる。

彼女は強烈さ、偉大さといったものに魅せられており、そうしたものが感じられれば、なにであれ、向こう見ずに飛びついて受け入れる。殉教者になろうとしながら、それを取り消し、結局、求めもしなかった方面で殉教者になってしまうようなところがあった。(8)

第一章早々、明らかにされるドロシアのこの種の〈大望〉は、同時に喜劇性を孕まずにはおかない。この主人公は確かになにかを志してはいるのだが、それがなにであるかは本人もわからずにいる。作者はいみじくも第二章のエピグラムにドン・キホーテを登場させているが、少なくとも幕開きではこの主人公はドン・キホーテに大接近しているようにみえる。

ドロシアにみられるのは、人生経験に乏しい若者の思慮分別の欠如である。彼女の献身という使命感、道徳的価値観に立脚した崇高な意図や情熱は「どこまでが分別として留まり、またどこからが多感に変貌するのだろうか。ドロシアの壮大な理想は、その過剰によって読者の目には、主人公の分別であるよりは、むしろ多感の方へと必然的に地すべりを起こしている」（惣谷、"*Middlemarch*" 36。一部改変）ようにみえてしまう。

そして、エリオットはドロシアの運命について、なおも語りを続けている。

そうした性格は結婚適齢期の娘の運命にとっては確かに妨げになっただろう。……女は浅はかな考えをするものだと思われているが、しかし、そんな考えを実行に移させないのが、社会や家庭生活の偉大なる安全装置なのだ。まともな人間は周囲の人間のすることをする。だから、もし途方もないような考えをする者が野放しになっていたなら、われわれはそのことを知って避ければよいのである。（8–9）

引用にみられるエリオットのこの辛口のユーモアは、彼女の（おそらく）理想とする諷刺を形づくっている。たとえばエリオットは、エドワード・ヤングの諷刺詩《サタヤー》には「ユーモア」が欠けていると批判した（"Young" 189）。人間の性《さが》を笑いの種としながらも、対象としている哀れな者たちをいとおしむ友愛に満ちたユーモアが、ヤングの諷刺には必要だとエリオットは主張しているのだが、このドロシアの運命を語る『ミドルマーチ』の一節は、それ自体が彼女の持論を実現しているようにみえる。ここでのエリオットのユーモアは、主人公と世間との軋轢、あるいは、それよりもさらに陰惨でさえあるかもしれない世間からの黙殺、疎外を、「まともな人間」の考えかた、つまり一般論として明示しながら、その実、作者のメッセージである「哀れな者たちをいとおしむ友愛」を確実に読者に伝えてくるからである。

もっとも、そのメッセージは、明らかに読者を周到に選別している。読者の中には、作者がここでいう「まともな人間」に違和感を覚え、作者の指し示す「われわれ」に与することに一瞬、躊躇してしまう者もいるかもしれない。しかし、エリオットが語っているのは、まさにそのような者たちに対してであるだろう。

このように考えてくれば、読者側のドロシアのドン・キホーテ的印象はいくぶん遠のき、批判的距離は縮まる。読者は、ドロシアの若さゆえの不器用で無防備なまでの純粋性、熱烈さ、そしてそれが発散せずにはおかない躍動感、生命感のようなものに、憧憬めいた共感さえ抱くかもしれない。しかし、それは主人公の多感という〈弱点〉が引き起こす作用でもあるのだ。

セシルは、エリオット自身の資質の二面性、つまり「知的なもの」と「想像的なもの」(321–28)の存在を指摘しているが、ここでエリオットがドロシアの分別と多感の微妙な危うさを捉え、巧みに透かし出すことができるのは、作家自身が帯びているそうした二面性ともおそらく関係があるだろう。セシルは、エリオットのむしろそうした二面的な資質が『ミドルマーチ』を、彼女よりもっと熟練した作家でさえ及ばないような、はるかに深い「感情」を読者に呼び起こし、またその「精神」をさらに真摯に揺さぶるものにしているとみるのだが(328)、なるほどエリオットの企みが功を奏するのは、静的で固定したものであるよりは、むしろ作者自身が身の内にもつそうした二極間の揺れ、運動性においてであるように思われる。(1)

## ▼夜明け、窓越しの光景——伝わってくる共感

ユニオン通りでみてきたように、重要な場面で作者が自身の語りを手放し、主人公の見る（あるいは、オースティンの場合のように、見ない）風景に委ねてしまう手法は、エリオットの場合、夜明け近くドロシアの目に入る窓越しの光景に見出せる。

まず、窓越しの光景にいたるまでの経緯を以下にみてみよう。ドロシアとウィル・ラディスローは、無言の愛と信頼を互いに認め合った友であったはずだが、ドロシアは彼がロザモンド・リドゲイトと親密にしていることを偶然、目にして彼に裏切られた思いに苛《さいな》まれる。しかし皮肉なことに、ウィルへの愛に気づくのは、彼の喪失によってであるのだ。

> 自分の思いに抗うにも限度があった。　彼女は両手で自分の頭を強く抱え込み、そして呻いていった。
>
> 「ああ、私は、あの人を愛していたんだわ！（Oh, I did love him!）」……そしていま、彼女はかつてないような意識に満たされ……だれはばかることなく絶望の呻きをあげながら、自分の切ない思いを自分自身に明かしたのだった。（739）

窓越しの光景は、ウィルを失うかもしれない不安と苦悩、そして絶望からドロシアが脱却する大きな契機となり、この主人公に真実（の自己）への最終的な精神的覚醒を促す劇的なものだが、作者はその眺めをもっぱら主人公に託している。かつてウルフは、オースティンの語りの凝縮を賞賛する一方で、

エリオットの冗長さを槍玉に挙げたことがある。オースティンと同様の場面を描くとしても、エリオットの「ドロシア・」カソーボン夫人なら一時間も話し続け、その間、読者のほうは「窓の外でも眺めている」(170)ほかなかっただろうとウルフは揶揄したのだが、『ミドルマーチ』のこの章でもエリオットの読者は、なるほど窓の外を眺めることになる。ただし、ここでの読者はカソーボン夫人とともに目を凝らし、この主人公と一体化して、窓の外を眺めることになるのである。

ドロシアの覚醒は、実に漠としたものでしかないのだが、その真実自体がなにかわからぬままに、しかし、彼女にはまず行動を起こそうとする決意が芽生えてくる。ミラーはドロシアの二度の結婚に関して、彼女のその行為はまさに「認識的(cognitive)」であるよりもむしろ「遂行的、実行的(performative)」なものであると指摘しているが("Conclusion"142)、認識よりはまず行動ありき、といった方向性は結婚にかぎらず、確かにこの主人公の人生の基本原理ともいえるものであり、当人にとっては禍とも、僥倖ともなり得るものであろう。

一夜の苦悩が主人公に旺盛な生命力をもたらす。リドゲイト夫妻とウィルに対する同情が、まず一つの力となって再びドロシアの心の底から湧き上がり、いま自分の悲嘆にもかかわらず、否、むしろ自身がそのただ中にいるからこそ、彼らに救いの手を差しのべたいと切に願う。ここでは悲嘆が悲嘆に共鳴する。彼女に無意識的に湧き上がった他者への同情、共感といったものはすべて、苦悩する彼らを救済したいという行動への決意に変換される。

いまドロシアが救おうとしているのは、過去におけるような彼女の「気紛れ(fancy)」の対象ではない。彼らはドロシアに救済されるべく「選別された者たち」であるのだ。「自分はなにをしなければならないのか」と自問を繰り返し、「完全なる正義」(741)を希求しながら、彼女が思いを巡らせるのは、行動という直接性であるが、作者エリオットがここで企むのもまたオースティン同様、作家としての直接性であるのだ。創作における〈解説者〉ぶりは、よく指摘されるところである。前述のウルフに限らず、たとえばヘンリ・ジェイムズもまた「エリオットはあまりに多くを、あまりにうまく語ろうとしすぎて、読者には読みの余白(space)というものがなくなってしまう」(358–59)傾向があると指摘しているが、しかし、ここでの作者はそうした解説者的な直接性を手放しながら、他方で別種の直接性を呈示する。光景自体をむしろそのまま主人公ドロシアに委ねてしまう、という直接性である。そうした意味で、この窓越しの光景は手法的にはエリオットの「ユニオン通り」ともなろう。

夜明けの光が部屋に差し込もうとしているとき、ドロシアが窓から見渡すのは、かなたに拡がる牧場である。

道端には荷物を背にした男と赤ん坊を抱えた女がいる。牧場にはなにか動く気配がする。——おそらく犬をつれた羊飼いだろう。弧を描く空のはるか向こうには真珠色した光がたなびいている。彼女は世界の大きさを、そして労働と忍耐へと向かおうとする人たちそれぞれの朝の目覚めを肌で感じ取った。彼女もまた、われ知らず脈打つその生命体の一部であったのだ。自分は贅沢で安全な場所に留まりながら、傍観者としてこれを眺めることも、また自己中心的な不平不満でわが目を覆うこともできなかった。(741)[図5–2]

図 5–2　カスパー・ダーヴィト・フリードリヒ「朝日の前に立つ女性」（1818 年頃）

夜明けの窓辺にたたずむドロシアは、フリードリヒが描く朝日を浴びながら凛として立つ女性の祈りにも似た後ろ姿を思わせる。

その光景を目にすることによって、ドロシアは自分自身もまた、そのようにおのずから息づいてくるような「生命の一部」であることを直接的に実感するのであり、世の中の傍観者たる自らのありかたに決別する意を固めることになる。彼女の身の内にたぎってくる生命力が、窓越しに見える人々のそれに共鳴する。そしてその直接性はそのまま読者の側に譲渡される。共鳴は読者のものともなる。

戸外で働きはじめようとしている村人たちに投げかけるドロシアの凝視と、ユニオン通りをゆく人々に対するアンたちの無視——二人の主人公たちの視線のありようはそれぞれに異なる。なるほどドロシアの凝視の直線性と、アンとウェントワースの無視（反語）のもたらすいわば屈折性は、それぞれ人生、人間性というものへの直視であったり、あるいは融通無碍ともいうべき角度、レトリック的距離感をともなった〈視力〉であったりするのだが、しかし存在することを決してやめない生命力、世の中の息づかいを伝える点でこれら二場面は重なる。オースティンは、アンの「無視」にもかかわらず、背後に否定しがたい〈世間〉を構築するのであり、一方、エリオットはドロシアに、彼女自身もまたそうした生命の一部であることを確認させるのだ。そしてエリオットの手法の直接性によって、この光景を主人公と共有することになった読者が受け入れようとするのは、ドロシアの「完全なる正義」（と思われるもの）である。

こうした直接、間接の変貌自在性は、過去と未来の両方に顔を向けている双面のヤヌスを思わせなくもない。オースティンもエリオットもともに、その顔は間接性と直接性——その両方向を同時に見据えている。

オースティンのユニオン通りの光景は、「見ない」という転覆（反語）が作者によって予め仕組まれていたのだが、エリオットの場合、ついに到達したドロシアの決意を読者に補強するのは、この場面に続くイメージの手法である。

レトリックというものが、そもそも人間が森羅万象を認識し把握する際の、人それぞれの事象の切り取りかたと密接に関係しているとすれば、その型は、オースティンとエリオットといった独創的作家であればあるほど、なおさら本質的なものであり、両者のレトリックの違いも当然なものとなろう。しかし、そうした作家特有のレトリックが両者ともに重要場面に前後して試され、かつ、そこに揺れを帯びさせるという点は興味深い。オースティンの「反語」が引き起こす転覆には及ばぬまでも、エリオットのレトリックもまた、読者の読みに一瞬、揺れ（空白）のようなものを生じさせるのである。

ドロシアが苦悩から脱するのは、認識であるよりは、即、行動への目覚めによってであるとはすでに述べた通りだが、その最初の行為として彼女は〈古着〉を脱ぎ捨てる。ドロシアは思い煩い「眠れなかった昨夜の疲れが染みついているような」格式ばって重々しい喪服を脱ぎ捨て、文字通り脱皮する。ここでの古色蒼然としたイメージの喪服は、当然ながら亡夫、エドワード・カソーボンの呪縛のメタファーであり、またそれを自ら解こうとする行為は、ドロシアの視覚化された意志に他ならないだろう。シェイクスピアのあのマクベスの有名な台詞「借り着（"borrowed robes"）」（1.3.110）を持ち出すまでもなく、人間の身に常に張りつき馴染んでいる「衣装」は、創作者にとってもイメージを膨らませる格好の素材となることは想像に難くない。

実際、エリオットはすでに処女作「ジャネットの悔悟」においても巧みに「衣装」を取り込み、濃厚なゴシック的雰囲気を醸し出すことに成功している。この作品において精神の錯乱状態にあるロバート・デンプスターを恐怖の極限にまで追いつめるのは、妻ジャネットの残した「衣装」である。彼は妻を虐待し厳寒の真夜中、戸外に締め出し、彼女の衣装を鉄製の鍵付き戸棚に押し隠していたのだが、あとになって彼の妄想の中で蠢《うごめ》いてくるのは、ジャネット自身と一体化した衣装、つまり〈戸棚に潜んでいるはずのジャネット〉であるのだ。

「……あいつは自分で死んだんだ。自分で鉄の戸棚に身を葬ったんだ……。だが、あいつの服はそこに残っている……死んじゃいない……あいつがくる……鉄の戸棚から出てくる……あいつを止めてくれ……おれを逃がしてくれ……」（"Janet" 322）

混濁した意識から漏れ出す彼の譫言《うわごと》は支離滅裂というほかないのだが、しかし、それゆえに読者は彼のその凄まじいばかりの心の葛藤、内奥に潜む闇を生々しく、むしろ目のあたりにすることになるのである。

他方『ミドルマーチ』では、衣装のイメージは一転し、そうした人間心理の壮絶な深淵を覗かせるゴシック的な闇は、まさしくオースティンの喜劇の日常性の明るみへと呆気なく切り替わる。ドロシアの家政婦は頑とした現実性を体現する人物であり、ここでの「衣装」は、彼女の抜かりない経済観念によってすでに〈捕獲〉され、完全に掌握されたものとしてある。

新しい略式の喪服に着替えるという女主人の決意に勢いを得たのか、家政婦は二年目の喪服には「スカートの裾ひだを三段にして、帽子のひだ飾りは簡素に」した略式のものを提案する。「クレープ布地を二ポンド分ほど節約」(782)するためである。こうした家政婦の魂胆は、前述したように暗から明への喜劇的な急転換を可能にするのだが、ここでさらに注目すべきは、それが苦悶から行動へと決意するドロシアの転換と見事、呼応することである。主人公が希求する「完全な正義」は、家政婦が放つ堅固な日常性を得てさらに保証されるものとなるのである。

主人公が「正義」へと行動を起こして突っ走ろうとする一途な状況と、そこに寸劇のごとく挟み込まれるしたたかな日常性——その二者の衝突によって一瞬、読者の中に生じる空白(ずれ)は、オースティンの喜劇の常套手段であり、『ノーサンガー・アビー』にも有名な例がみられる。ゴシック小説に耽溺する主人公キャサリン・モーランドが妄想していた〈死体が隠されているはずの開かずの間〉の現実は、清潔で明るい、ごく普通の寝室であり、それを目にした彼女はゴシック的妄想を脱し、一気に日常性へと覚醒する。これと同様に、ドロシアの〈古着〉からの脱却は、家政婦の圧倒的な現実性の割り込みによって、ドロシアの正義的行為への急発進はさらに加速させられる。前夜の苦悶で憔悴した女主人に、家政婦は「悲しみの聖母(*a mater dolorosa*)」(742)をみたのだが、それは古着を脱ぎ捨て新しい衣に身を包もうとする、決意に満ちた「聖母」だったのである。

将来の波乱を予想させた『ミドルマーチ』の幕開きでは、エリオットはオースティンを思わせるような諷刺を込めたユーモア感覚を示したのだが、中盤、プロット転換のこの場面では、エリオットの落差は、しかるべき幕引きへと読者を誘う原動力ともなる。オースティンは感性に直接訴えるような、情緒的ともいえるユニオン通りの場面に反語を仕組み、読者に同化とはむしろ逆のディタッチメントを促すような企みをしたのだが、他方、エリオットは、かつてのように単なる「気紛れ」などではなく、いまや真面目極まりないものとなったドロシアの正義感と一大決意に、むしろ喜劇性を挟み込み、「笑い」という、読者との一種平和な距離を確保するのである。

これまでみてきたように、間接性と直接性という、創作の距離（感）において両作家はともにヤヌス的作家であるのだが、しかし、二人がもっともヤヌス的になるのは、おそらく作者がこうして読者との距離を注意深く推し測りながら微調整しているときであろう。

## ▼ドロシアの号泣――響き合うミラーのテクスト

しかし、物語後半、主人公とウィルの別離の場面で、エリオットはそうした読者との距離を有無もいわせず、大胆に縮めてしまう。ここではドロシアが内にたぎらせている、認識的であるよりは遂行的である生命力が他を圧する。永遠の別離に直面し、口にすべき言葉を考えあぐねたドロシアが瞬間的に発するのは、言葉とも感情のほとばしりともつかぬ、ほとんど号泣といってもよいものとなる。

「ああ、耐えられないわ――胸が張り裂けそうよ」ドロシアは椅子から立ち上がりながらいった。

それまで彼女の口をふさいでいた障害物を、彼女の若い情熱が一挙に押し流し、たちまち大粒の涙が堰を切って流れ落ちた。「貧しいことなどなんでもありませんわ。――自分の財産が憎らしい。」(762)

オースティンとの関連でいえば、この場面はオースティンの『分別と多感』のエリナ・ダッシュウッドを彷彿させる。作者オースティンの視点を主に担い、分別を代弁するかのようにみられていたこの主人公は、最後になって周囲の人目もはばからず感情を爆発させ号泣してしまう。それは一瞬、読者を不意打ちにするのだが、しかしたちまち安堵させもする。というのも、エリナが理性で抑え切れずに思わず表出させてしまった感情(恋心)は、エドワードに彼女の紛れもない愛を確信させ、彼を一気に求婚へと向かわせることになるからである。これまで恋人(になるべき者)たちは理性に縛られ、互いに優柔不断とも思える態度に終始してきたのだが、そうした二人を歯がゆい思いで辛抱強く見守ってきた読者は、この成り行きに無条件に納得させられる。主人公たちの理性による抑制ではなく、むしろ感情の奔流がそうさせるのである。

そして『ミドルマーチ』の主人公の場合にも似たような現象が起こる。読者はドロシア(の号泣)を容認する。そして研究者であるミラーもまた読者には違いないのだが、彼には容認どころかそれに魅惑さえ感じている節《ふし》がある。彼はその魅惑を論文という形式内にいわば構築してしまうのである。彼の論文の後半は感情の優位に傾き、ドロシアの号泣に全面的に譲り渡された観がある。「ああ、耐えられないわ――胸が張り裂けそうよ」――ドロシアのこの「叫び声(roar)」が、ミラーのテクストでは一種のキー・

フレイズとなる（“Conclusion” 139）。そのフレイズはあたかもエドガー・アラン・ポーの大鴉が吐く台詞、「もはや、なし（Nevermore）」（Poe “Raven”）の様相を呈し、繰り返され、響きわたる。その残響は（そしておそらくテクスト上の残像もまた）読者の聴覚に、そして視覚に、たとえば咆哮《ほうこう》する虎さながらのドロシアを現出させるかもしれない。「虎嘯《うそぶ》いて風生ず」、つまり『北史』を出典とする「虎嘯風生《こしょうふうしょう》」の原義的な意味、「虎が吠え叫んで風が巻き起こる」という文脈における「虎の咆哮」である。この場面のドロシアは確かにその虎嘯風生の虎に喩えられるような英雄ではない。むしろその逆であるともいえる。だが、彼女の叫び声、号泣は弱さの表出でありながら、同時に虎のように自らまわりに「風」を生じさせることもまた事実なのだ。ドロシアは周囲の人間に「共感」の風を生じさせ、彼女自身が彼らの救済者ともなっていくのである。

ミラーの論文は、当然ながら、虚構ではない。だが、そのテクストは、いわばその姿《フィギュア》によって、読者が抱くそれぞれの共感を確保し、さらに深化させていくことになる。彼のテクストが帯びるそうしたある種の運動性を切口にしてみれば、おそらくミラーもまたエリオットと似たようなことをしている。なるほどエリオットは「ドロシアの号泣」という虚構によって読者の共感を引き出したのだが、ミラーの場合は自分の論文テクストの姿によってその共感を増幅させていくのである。

ミラーはドロシアの生命力には「破壊」のみならず「創造」にもつながるものがあることを示唆しているが（“Conclusion”142）、読者の側にもまたそうしたものがあるとすれば、この号泣場面で、まず読者に無意識的にではあれ、「創造」されてくるのは共感であるだろう。「埋もれた花嫁」であったドロシアは、いま言葉よりは号泣によって、カソーボンの遺書（will）の軛から自らを解き放ち、「朝の精霊」として彼女を訪れていた真の恋人、ウィル（Will）のほうを厳然として受け入れる。この主人公は小文字の〝w〟のほうを捨て、最終的に大文字の〝W〟のほうを選び取る——こうした語呂合わせのような発想が、作者エリオットの意識にあったのかどうかはわからない。しかし少なくとも、読者の共感、納得を引き出すためにこの場面でエリオットが選んだのは、理性の「言葉」であるよりは、むしろ感情の「号泣」のほうであったことは注目に値する。

## ▼「終わり」という「はじまり」

「ドロシアは大人として人生をはじめ、そして子どもになることを学んだ」(9)——カレン・チェイスは、主人公の人生の転換をこう評している。それは、「彼女［アン］は娘盛りに慎重さを強いられ、歳をとるにつれてロマンスを学んだ」という、オースティンのあの凝縮をおのずから連想させる。チェイスがはたしてそのようなオースティンのいわば本歌取りを意識していたのかどうか、それはわからない。だが、少なくともチェイスのそうしたもの言いは、その表現自体が、主人公ドロシアの「不自然なはじまりの自然な結果」が読み手側にもたらせたインパクトの大きさを物語っているだろう。

この作品の終わりにエリオットが仕掛けた揺さぶりは、読者の読みに転倒さえ引き起こしかねない。それは、オースティンの結末の揺れを単なるくすぐりにみせてしまうほどである。『ミドルマーチ』は最終章に至って、幕開き当初ドロシアが抱いていた大望のようなものは雲散霧消する。ある種の期待をもって読み進んできた読者は、一瞬、アポリアに置き去りにされたような気になるのだが、物語におけるこうした終結のしかたは、たとえば以前考察したことがあるように、バルザックの『サラジーヌ』を思わせる（惣谷、“Extraordinary Fate”17–30）。その中編小説の結末では、物語の聞き手役であるロシュフィド侯爵夫人は、これまで目にしてきた一連の謎の真相を最後になって知らされ、その意外さに黙すばかりなのだが、この沈黙は、結末の空白をかえって代弁し、念押しすることになる。ロラン・バルトによれば、こうした空白が、『サラジーヌ』を「考え込むテクスト（The Pensive Text）」（*S/Z* 216–17）にしているのだが、『ミドルマーチ』もまたある意味、「考え込むテクスト」であるとすれば、〈ロシュフィド侯爵夫人〉にあたるのは、ドロシアの周囲にいる者たちであろう。彼らはドロシアの結婚に対して首を傾げるばかりで、彼女の選択を決して容認できないものの、それではこの主人公がいかにすべきであったのか、については一言も発することができずにいるからである。

以前考察したように、ドロシアの周囲の人間たちは確かにきわめて頼りない存在でしかない。しかし、最終章に続く「終曲」では、そうした彼らでさえ姿をくらませてしまう。読者は、エリオットが残すままにした、いわゆる言葉では言い表せられないものに一対一で向かい合う他ないのである。

彼女［ドロシア］の繊細な精神は、広く人目につくようなことはなかったが、まだその素晴らしい種を宿していた。彼女の豊かなひととなりは、キュロス大王によって水を堰き止められた河のように、この地上ではほとんど名もなき、小さないくつもの流れとなっていった。しかし、彼女の存在が周囲の者に与える影響は数限りなく、あまねく広くゆき渡った。なぜなら、この世界の善が育っていくのは、ひとつには、歴史に刻まれることのない行為のおかげであるからだ。そして世の中がお互いにとって、思ったほど悪くないのは、これまで目立たない人生を誠実に送り、いまは訪れる

人とてない墓に眠る人たちに、半ば負っているところがあるからなのである。(785)

この引用は「終曲」からのものだが、作者はこの「終曲」をまずこう切り出している。「ものの区切りとは、いずれも終わりであり、また同時に、はじまりでもある」(779)。——作者のいうように、確かに多くの物語の到達点であるはずの結婚も、アダムとイヴの場合同様、依然、大きなはじまりであり続けている。そして作家はこの穿った観察を、ここでは〈自演〉してみせるのである。確かにエリオットの物語の「終わり」は、いつなんどき、「大きなはじまり(a great beginning)」(779)に反転しても不思議ではないのだ。

しかし、そのように考えてみれば、オースティンの『説得』の「終わり」もまた「はじまり」ではなかったろうか。これまでみてきたように、アンの到着点である結婚も、相手のウェントワースは、ともすれば、ウィルをいくぶん彷彿させてしまいそうな男性であるし、また将来の戦争に対する不安もある。それらは、結末におけるオースティンの定石通りの微かなくすぐりのようにみえながら、その実、「大きなはじまり」のうねりを内包しているとも考えられる。オースティンの信じる〈真実〉の中に、いちおう「終わり」として行儀よく収められてはいるものの、よくよく目を凝らしてみれば、一見、くすぐりとみられるこの揺れも、確かに小刻みではあるとはいえ、いつ「大きなはじまり」に転ずるかもしれない蠕動を宿しているのである。

そしてミラーの論文は、その論集の表題が標榜するように、たぶんに二一世紀的であるが、彼もまた議論の終わりに「大きなはじまり」を思わせるものを標している。彼は、ドロシアがのちのち周りの人間に与えていくことになる「恩恵」に思いを馳せたあと、『ミドルマーチ』を書き上げたことでエリオットが周囲に及ぼす「恩恵」を、他ならぬ主人公ドロシアのそれに重ね合わせる。そして最後の一行を記すのだ。「これまで述べてきたことから結論づけられるのは、読みの（不）可能性を、あまりに軽々しく扱うべきではないということだろう。（From this it may be concluded that the (im)possibility of reading should not be taken too lightly.）」（154）

この論文より遡ること約四半世紀、一九七五年の論文でミラーはエリオットのテクストの「読みの不可能性（'unreadable' quality of the text）」（"Optic" 24）を痛烈に批判したのだが、ここではあらためて「読みの（不）可能性」を示唆することになる。彼の結論「読みの（不）可能性」というカッコ付の（不）、それは「否」を意味する最小の記号ではありながら、否定であるよりは、むしろ大いなる肯定（可能性）を孕んでいるように思われる。問題のエリオットの「終曲」の読みに関していえば、ミラーがそこに最終的に見出すのは、端的にいえば、「読みの（不）可能性」が宿している価値であろう。

たとえばチェイスは、ミラーの「読みの（不）可能性」という表現をさらに鋭角的に切り取り、明確化して示している。つまりチェイスによれば、『ミドルマーチ』に唯一必要不可欠なのは、「読者側が完璧性を見出す能力を欠いていること（the reader's inability to find completion）」（12）になる。逆説的に響くかもしれないが、確かにそうした完璧性発見能力の欠如こそ、われわれの読みの〈能力〉を保証するものとなりはしないだろうか。なぜなら、作品が帯び、かつ発散しつづけている（と思われる）多義性とわれわれが出合っていくのは、そうした能力に他ならないと考えられるからだ。さらにそうした〈能力〉はまた、「終わり」が「はじまり」であることとも地続きにあるように思われる。ミラーはドロシアの生命力に「破壊」と「創造」を見て取ったが、チェイスはミラー自身にも同様のものを読み取り、「破壊」（脱構築）しながら、「創造」へと向かう彼の傾向を指摘している(12)。かりにチェイスの洞察が正鵠を射ているとするなら、ミラーのテクストが併存させている「破壊」と「創造」という二つの作用もまた互いの間で蠢き、常に「終わり」が「はじまり」へと横滑りしていく可能性を内在させているのだろう。

## ▼「問いかけ」としての文学

将来の波乱を予め含んだ幕開きや、主人公に（無視であれ、凝視であれ）視界が委ねられた中盤、そして「はじまり」としての「終わり」（かもしれない）結末――こうしたものを通してみてきたように、文学の読みというものが、読み手の（無）意識の中で常に息づき、変化していくものであるとするなら、文学は、ある意味で生き物といってもよいだろう。そして、『説得』、『ミドルマーチ』といった〈生命体〉が、これまで時代、時代のパラダイムに応えられるだけの柔軟性、いわば懐の広さのようなものをもち得てきたのは、それらが読みの可能性だけではなく、むしろその不可能性をもまた秘めているからではないのか。

たとえばバルトによれば、文学は最終的な意味の決定から常に逃れようとしており、そうした文学を形づくっているのは答えではなく、むしろ「問いかけ（interrogation）」（"Kafka's Answer" 135）であることになる。本章では、オースティンとエリオットの手法の一端を取り上げ、いささか点描画的にではあれ、両者を比較考察してきたが、これら二人の作家の究極的な共通点は、確かにこの「問いかけ」に尽きると思われる。喜劇、人生批評の小説といったジャンルの違いはあれ、それぞれの型取りの中で、問いかけ続けること――それは、創作にかかわる者として両者が共有する重要な基本姿勢だったと考えられる。少なくとも、これまでのオースティンやエリオット作品の読み（の解釈）において、微かなものであれ、あるいは、壮大なものであれ、テクストに感じられてくる、ある種の空隙（それは、時間的にみれば「揺れ」、そして空間的には「空白」として把握されるものかもしれないが）、そうしたものに、作者自身の「問いかけ」を感じる読者がいるかもしれない。むしろその「問いかけ」をこそ掬い上げたい気持ちになる読者もいるだろう。

文学の読みというものが、「読みの（不）可能性」を介して作者と読者が切り結ぶ信頼関係によってこそ成り立つ営為であるとすれば、作者の創作のみならず、読者の読みのほうもまた試されていることになる。オースティンが『高慢と偏見』出版直後に、まさしく単刀直入に吐露しているように、作者は「自身が豊かな創意工夫（Ingenuity）の才に恵まれていないような鈍重な輩《やから》（dull Elves）相手に、書いているのではない」（*Letters* 202）のである。

「読みの（不）可能性」――ミラーのこの新たな認識と示唆は、作家に対するある種のオマージュでもあるだろう。「エリオット」は遡及的に「オースティン」を浮かび上がらせる、といったのはF・R・リーヴィス（13–14）であるが、論評において、いま「ミラー」が遡及的に浮かび上がらせるものがあるとすれば、「リーヴィス」自身であるかもしれない。そしてリーヴィスが、エリオットに対するオースティンの影響を謎のままに留めおいたのもまた、作家に対する彼なりのオマージュであったとも思われてくるのだ。

読み（解釈）という営為に関してミラーが指摘する、「可能性」のみならず「不可能性」という、いまひとつの読みへの示唆、それが産出する新たな謎は、おそらく二一世紀の読者の「読み」に委ねられたものであろう。ちょうどリーヴィスが「深遠な重要性を帯びた影響」(18–19)という謎を、二〇世紀の読者に託したように。

## 注

(1) エリオットの資質が帯びるそうした対照的な二側面と『ミドルマーチ』創作との関係については、以下の拙論で詳述している。
"*Middlemarch*: Reading as George Eliot's 'Sense and Sensibility'."

## 参考文献


Austen, Jane. *Jane Austen's Letters*. Edited by Deirdre Le Faye, Oxford UP, 1997.

———. *Pride and Prejudice*. Edited by Pat Rogers. Cambridge UP, 2006.

———. *Persuasion*. Edited by Janet Todd and Antje Blank. Cambridge UP, 2006.

Barthes, Roland. "Kafka's Answer." *Critical Essays*.1964. Translated by Richard Howard, Northwestern UP, 1972. pp.134–42.

———. *S/Z*. 1970. Translated by Richard Miller, Hill and Wang, 1974.

Cecil, David. *Early Victorian Novelists*. 1934. Constable, 1966.

Chase, Karen., editor, Middlemarch *in the Twenty-First Century*. Oxford UP, 2006.

———. Introduction. Chase, pp.3–14.

Eliot, George. "Worldliness and Other-Worldliness: The Poet Young." *Selected Essays, Poems, and Other Writings*, edited by Byatt and Nicholas Warren, Penguin, 1990. pp.164–213.

———. "Janet's Repentance." *Scenes of Clerical Life*. 1858. Penguin, 1998. pp. 199–354.

———. *Middlemarch*. 1871–1872. Oxford UP, 2008.

Leavis, F. R. *The Great Tradition: George Eliot, Henry James, Joseph Conrad*. 1948. Penguin, 1974.

Miller, Hillis. "Optic and Semiotic in *Middlemarch*." *Modern Critical Interpretation: George Eliot's* Middlemarch, edited by Harold Bloom, Chelsea House Publishers, 1987, pp. 9–25.

———. "A Conclusion in Which Almost Nothing Is Concluded: *Middlemarch*'s 'Finale'." Chase, pp.133–56.

Page, Norman. *The Language of Jane Austen*. Basil Blackwell, 1972.

Sewall, Richard B. *The Vision of Tragedy*. 1959. Yale UP, 1962.

Soya Michiko. "*Lady Susan*: *A Game of Capturing the Last Word from Lady Susan to Jane Austen, and Then . . . .*" *Persuasions*: *The Jane Austen Journal Online,* vol. 24, no.1, Winter, 2003. https://www.jasna.org/persuasion/on-line/vol24no1/soya.html? Accessed 16 August. 2022.

Tandon, Bharat. *Jane Austen and the Morality of Conversation*. Anthem Press, 2003.

Todorov, Tzvetan. *The Fantastic: A Structural Approach to a Literary Genre*. Translated by Richard Howard, Cornel UP, 1993.

Toner, Anne. *Jane Austen's Style: Narrative Economy and the Novel's Growth*. Cambridge UP, 2020.

Woolf, Virginia. "Jane Austen." *The Common Reader*. vol.1. 1925. The Hogarth Press, 1984. pp.134–45.

———. "George Eliot." *The Common Reader*. vol. 1. pp.162–72.

惣谷美智子「Austen: *Persuasion* におけるアイロニー——*A Lover's Discourse* で読む二つの〈死〉」（下）『英語青年』第一五一巻第二号、研究社、二〇〇五年、二六－二八頁。

——「オースティンは『説得』でなにを説得したのか——『目覚めると、オースティンには輝くばかりの霊感が宿っていた』」（四）、『Web 英語青年』第一五五巻 第一一号、研究社、二〇一〇年、四四－五六頁。http://www.kenkyusha.co.jp/modules/03_webeigo/. Accessed 2 Feb. 2010.

——「"An Extraordinary Fate" を読む——George Eliot, *Middlemarch* と Jane Austen, *Sense and Sensibility*」『ジョージ・エリオット研究』第二三号、日本ジョージ・エリオット協会、二〇二〇年、一一－二五頁。

——. "*Middlemarch*: Reading as George Eliot's 'Sense and Sensibility'."『神戸海星女子学院大学 研究紀要』第五九号、二〇二〇年。三三―三九頁。

## 図版出典

図5―1　John Claude Nattes, "Sydney Garden Bath 1805." British Library, London. http://www.wikigallery.org/

図5―2　Caspar David Friedrich, "Woman Before the Rising Sun." Folkwang Museum, Essen, Germany. https://www.wikiart.org/.../woman-before-the-rising-sun.

# 第6章
# エリオットはオースティンから何を受け継いだのか?
## ――『ミドルマーチ』における〈分別〉と〈多感〉

廣野由美子

## 1　オースティンとエリオット

諷刺の効いた喜劇的世界を描くジェイン・オースティンと、倫理的問題を厳しく追究する作家ジョージ・エリオットとは、一見、かなりタイプの異なった作家のような印象がある。しかし、実際に彼女たちの小説を読んでいると、両作家は意外にも私たちのなかでつながってくる。オースティンの小説は、滑稽な笑いに満ちているが、ある時点で急激に深刻な局面へと傾いていき、読者をあっと言わせる。それに対してエリオットは、真剣そのものの作家と思いきや、意外なところで笑いをもたらし、滑稽な側面を見せて、読者を驚かせる。このように両者は、笑いと深刻さの両面を共存させているという特性をともに持つのだ。それは、彼女たちが、まさに「イギリス的なるもの」の特色を体現している作家であるからではないだろうか。

では、「イギリス的なるもの」とは何か。それは、〈分別《センス》〉と〈多感《センシビリティ》〉の均衡が保たれた状態を特徴とするのではないかと、筆者は考える。極端なものに偏ることのない、そのバランス感覚は、いわゆる「中庸の精神」とも言い換えられるだろう。それがあってこそ、アイロニーや諷刺が生じてくる余地があるとも言える。このような特性が、「イギリス的なるもの」であると、仮定してみよう。

エリオット自身は、哲学に造詣が深く、作品にも哲学についての言及がよく現れるので、エリオット文学は哲学的であると思われがちだ。あるいは、エリオットの文学では、宗教の問題がしばしば扱われているため、宗教的だと考える向きもあるだろう。しかし実は、エリオットの作品は、哲学や宗教の代用ではなく、きわめて文学的な、イギリス的な小説であると考えられる。他国では、ひたすら魂の問題を追究することや、〈多感〉な激しさの際立つ文学が主流をなしている場合もあるかもしれないが、そういう種類の文学には、アイロニーやユーモアがあろうはずがないからだ。

## ▼オースティンからエリオットへの影響

エリオットは多くの作家から影響を受けているが、何といっても彼女に最大の影響を与えた作家は、オースティンであったと推測できる。もちろんエリオット自身、オースティンの作品の熱心な愛読者だったが、夫G・H・ルイスがオースティンの熱烈な信奉者だったことも、影響の一因であると考えられる。ルイスは、一八五二年七月に雑誌『ウェストミンスター・レビュー』で「女性作家」について論じた記事において、オースティンは「自身の目的を果たすための手段を完璧に用いることができるという意味において、最も偉大な芸術家」であると呼ぶ。「オースティン作品を読むことは、人生を実際に経験するようなものだ。読者は、そこに登場する人物のことを、自分とともに生きていて、個人的な親しみを抱いている相手として知っているように思える」（Haight 225）とも、ルイスは言う。

エリオットとルイスは、一八五四年、夫婦生活を始めるようになって以来、毎晩本をいっしょに朗読する習慣があった。エリオットの日記の記録を見ると、たとえば、ルイスが海洋生物の研究に取り組み、エリオットが「ギルフィル氏の恋物語」を執筆中だった一八五七年の二月から六月にかけて、夫妻はオースティンの全作品をいっしょに読んでいる。(1)

したがって、ルイスに勧められて小説を書き始めたエリオットが、夫の感化によって、それまでにもすでに読んでいたオースティンの作品に、いっそう親しむようになり、この先輩女性作家に敬意を払いつつ、多くを学ぼうとしたことは、間違いないと言えるだろう。

ちなみに、シャーロット・ブロンテが、ルイスからオースティンに学ぶようにと勧められたとき、オースティンの文学に違和感を覚えて反論の手紙(2)（一八四八年一月一二日、一八日）を書き送ったことは有名だが、まずは根底にオースティンに対する共感があるか否かという点で、エリオットはブロンテとは大きく異なると言えるだろう。

## ▼オースティン文学・エリオット文学における〈分別〉と〈多感〉のテーマ

先に、「イギリス的なるもの」とは、〈分別〉と〈多感〉のバランスではないかと指摘したが、オースティン文学の重要なテーマのひとつは、まさにそれを追求するという問題にあった。オースティンのすべての作品は、この二つの要素にそってストーリーを辿っていくことができるといっても過言ではない。ことに『分別と多感』には、キーワードそのものが表題に掲げられている。二人の女主人公のうち、〈多感〉を特徴とするメアリアンはウィロビーとの恋に破れ、他方エリナは〈分別〉によって〈多感〉を克服し、エドワードとの幸福な結婚に至る。『高慢と偏見』のエリザベスは、〈多感〉ゆえに、ウィッカムに誘導されて、ダーシーに対する偏見を強めていくが、そこから目覚めるだけの〈分別〉を得たとき、幸福を獲得する。『マンスフィールド・パーク』では、バートラム家の居候である女主人公ファニーが、〈分別〉の力によって不遇を耐え抜き、バートラム姉妹やクロフォード兄妹など〈多感〉な人々が敗北するとともに、エドマンドも〈多感〉から目覚め、メアリ・クロフォードの正体を見極める〈分別〉を獲得し、ファニーと結婚。『エマ』では、自分は〈分別〉があると自惚れている女主人公エマが、ハリエットの〈多感〉を煽って教育を施そうとし、惨憺たる結果となり、ようやく最後に目覚める。エマのライバルであるジェイン・フェアファックスは、一見〈分別〉のある女性として描かれているが、フランク・チャーチルと秘密結婚している彼女の〈多感〉な生き方は、作品ではあまり評価されていない。『説得』では、過去にレディー・ラッセルの説得に従うという形で、〈分別〉の道を選んだアンは苦悩するが、〈多感〉なルイーザがウェントワースの恋人の座から文字通り失墜したあとは、自らの価値を発揮して、最後に幸福を獲得。『ノーサンガー・アビー』では、ゴシック小説の愛読者であるキャサリンが、ティルニー兄妹に招待され、訪れた屋敷で体験した出来事のひとつひとつを、〈多感〉に歪められた目で解釈するが、やがて自分の愚かな誤りに目覚めて〈分別〉を獲得し、ヘンリの愛を勝ち得るに至る。

以上のように概観すると、オーティンの作品では、全般的に〈分別〉が〈多感〉に勝利するように見えるが、より微細な部分を読み込むと、実は両方の要素が複雑に絡み合っていて、葛藤をとおして到達するそれらのバランスこそが、作品の主眼であることがわかる。

他方、ジョージ・エリオットの女主人公たちは、全般的に情念の激しい〈多感〉な人物が多い。彼女たちは苦悩を経て、〈分別〉の力で苦難を乗り越え、ある者はよりよい生き方へ、ある者はあきらめへと向かう。『フロス河の水車場』の女主人公マギーは、〈多感〉ゆえに子どものころから苦しみ続け、成長後には、従妹ルーシーの婚約者スティーヴンと恋に陥るが、〈分別〉によって立ち止まって断念し、最後に悲劇的な死に至る。『ダニエル・デロンダ』の女主人公グエンドリンは、〈多感〉によって煽られた傲慢さのために、結婚生活の苦渋を経験することになるが、やがて〈分別〉に目覚めて、よりよい生き方へ向かう。

では、エリオット作品のなかで最もオースティン的色彩が濃厚な『ミドルマーチ』では、どうだろうか。『ミドルマーチ』は、まさに〈分別〉と〈多感〉が絡まり合いながら進行し、時として両者の激しい闘争が織り込まれた作品である。そこで、以下、『ミドルマーチ』を、〈分別〉と〈多感〉という二つの要素の観点から読み解いていきたい。そのさい、具体的には、オースティンの作品のなかから『分別と多感』を代表として選び、この小説と比較しながら、『ミドルマーチ』のテクストを検討していく。

## 2 カソーボンとの結婚——〈多感〉による過ち

### ▼ドロシアの物語

『ミドルマーチ』には数多くの人物が登場し、複数のストーリーが絡み合いながら進行していく。しかし、女主人公の精神的成長をストーリーの主軸とするオースティンの作品と比較するにあたって、本章では『ミドルマーチ』を、女主人公ドロシアを中心としたストーリーに絞って、見ていくことにしたい。

ドロシアは、前半では明らかに〈多感〉なタイプの女性であるが、後半部では次第に〈分別〉を学び獲得していっているように見える。オースティンの『分別と多感』においては、出発点では、二人の女主人公のうちエリナが〈分別〉を、メアリアンが〈多感〉を代表していて、プロセスとしては逆方向に、つまり、エリナが〈分別〉から〈多感〉へ、メアリアンが〈多感〉から〈分別〉へと変容していくさまが見られる。それに対して『ミドルマーチ』では、女主人公ドロシアは、いわばエリナとメアリアンを統合したような形で、〈多感〉から〈分別〉へと徐々に推移していく女主人公であるという想定に基づいて、その変容のプロセスを見ていきたい。

『ミドルマーチ』のはじめには「プレリュード」が添えられ、一六世紀のスペインに生きた「聖テレサ」に倣《なら》って、偉大な人生を歩もうとしながら挫折していく「後世に生まれたテレサたち」のテーマが掲げられる。したがって、そのあと、冒頭に登場してくる女主人公ドロシアが、後世のテレサのひとりであることが暗示される。

そのような理想を人生に求めているドロシアは、〈多感〉ゆえに、間もなく出会った初老の牧師カソーボン氏を、すばらしい学者であると理想化して崇拝する。そして、彼女が性急にカソーボンと結婚したあと、理想とのずれに幻滅し、彼の死によってその正体を知るまでを、〈多感〉の物語というように区切ってみる。

第五章で、出会って間もないカソーボンからの求婚の手紙が、伯父ブルック氏を介してドロシアのもとに届く。それは長い手紙であるが、要するに、いかに自分の研究生活にとってドロシアが妻として相応しい資格を備えているかという、あくまでも自己中心的なペダンティックな内容である。およそラブレターとは言いがたい殺伐たる内容のその手紙を読んで、ドロシアはどのような反応を示しただろうか。次の一節は、カソーボンの手紙に続く部分である。

手紙を読みながら、ドロシアは身を震わせた。そして、ひざまずいて両手に顔をうずめて泣いた。厳粛な感情がわっと押し寄せて、祈ることもできず、頭のなかの考えはぼんやりして、形をなさないまま漂った。子どもが誰かの膝に寄りかかるような感じで、彼女は自分の意識を支えている聖なるものに身を委ねることしかできなかった。夕食のために着替えをする時刻まで、彼女はじっとそのままの状態でいた。

カソーボン氏からの手紙をもう一度確認して、それが愛の告白としていかがなものかを批判的に見てみようなどと、ドロシアに思いつきようがあっただろうか？　より心豊かな生活が自分の目の前に開けたという事実のみに、彼女の魂はすっかり捉えられていたのである。……いよいよ、大きな、しかし確固たる務めに身を捧げることができる。いよいよ、尊敬する人の精神の光に照らされながら生き続けることができるのだ。この希望には、誇らしい喜びの興奮、すなわち――尊敬して選んだ男性から自分は選ばれたのだという、驚きに満ちた女心が、混じっていたと言えなくもない。ドロシアのありったけの情熱が、理想的な生活を目指して励もうとする心のなかに染みわたっていた。神々しいばかりの乙女心の光が、水平線上に現れた最初のものの上に落ちたのだ。（*M* 44–45）

最初の段落で、身を震わせてひざまずき、両手に顔をうずめて泣き、曖昧模糊とした感情に押し流されるまま、子どものように身を委ねているドロシアの姿は、〈多感〉そのものである。続いて、カソーボンを理想化してしまっているドロシアが、いかに客観的な批判力を欠いているかについて、語り手はコメントし、彼女が〈分別〉を喪失した状態であることを示している。魂がひとつのことにすっかり捉えられている様子には、〈分別〉の入り込む余地はない。最終段落で、「ドロシアのありったけの情熱が、理想的な生活を目指して励もうとする心のなかに染みわたっていた」とあるように、彼女はまさに情念だけに満たされた存在と化している。「乙女心の光が、水平線上に現れた最初のものの上に落ちた」という表現からも、この結婚が、未熟さと偶然に基づいた選択にすぎないことが暗示されている。

▼失望、そして幻滅

このあと間もなくドロシアはカソーボンと結婚する。しかし、新婚旅行中には、早くも理想の夫としてのカソーボン像と、現実の彼の姿とのずれに気づき、ドロシアは失望と戸惑いで泣いている。「夫の精神のなかには、広々とした眺めや吹きわたる新鮮な風が見出されるだろうと夢見ていたのに、その代わりに妻が見つけたのは、控えの間や、どこにも通じていない迷路だけだった」(*M* 195)というわけだ。このようなドロシアの状況について、語り手は克明に解説しているが、そのなかから一部取り上げてみよう。

しかしいま、ローマに来て以来、心の奥深くに潜んでいた感情が掻き立てられて騒ぎ出し、新しい要素が生活に加わって、新しい問題が生じてきたために、彼女は自分の心がつねに内へと向かい、怒りや嫌悪がこみあげてきたり、わびしい疲労感を覚えたりしていることが意識されて、恐ろしくさえなった。……しかし、周囲にある印象的な珍しいものについて夫がひと言述べるときの、その解説の仕方に対して、彼女は一種の精神的な寒気のようなものを感じ始めた。……

悲しいかな、それとは対照的に、ドロシアの考えや決意は、漂いながら暖かい流れのなかで溶けて、形を変えていく氷のようだった。彼女は自分が感情の餌食にすぎないのだと思って、自らを恥じた。まるで自分は、感情という媒介をとおしてしか、何も知ることができないかのようだ。自分の力を散々消耗して、発作的に興奮や葛藤、落胆に陥ったあと、すべての困難な状態を義務へと変形させ、完全にあきらめきった自分の姿を思い浮かべる。哀れなドロシア！　彼女はたしかに厄介な人間だった――何といっても彼女自身にとって。しかし、今朝、彼女は初めてカソーボン氏にとっても、厄介な存在になった。（*M* 196–98）

最初の段落で、ドロシアが激しい感情に掻き立てられているさまがうかがわれる。「怒りや嫌悪」、「わびしい疲労感」、恐怖といったあらゆる種類の感情が押し寄せ、彼女は夫に対して、早くも「精神的な寒気」といった拒絶反応すら感じている。また、次の段落でも見られるとおり、ドロシアは自分が「感情の餌食」になっていることを自覚しつつも、「発作的」な「興奮や葛藤、落胆」に陥っているさまから、やはり〈分別〉が〈多感〉に圧倒された状態であることがわかる。そのようなドロシアに対して、語り手までも、「哀れなドロシア！」と感情を発露させている。

ここからドロシアは、急速にカソーボンに幻滅し、傷つき、涙する〈多感〉さを増していく。引用の最後に、「今朝、彼女は初めてカソーボン氏にとっても、厄介な存在になった」とあるのは、感情を高ぶらせたドロシアが夫に向かって、いつ著書を書き始めるのかと迫り、彼の心の最も敏感な部分に踏み込んでいったことがきっかけだった。これを発端に、カソーボンもドロシアの〈多感〉な正体を知って、彼女に対する警戒心を強め、夫婦間の亀裂が深まっていく。このあと、ドロシアが感情を露わにし、夫と衝突する場面が繰り返されていくことになる。

### ▼『分別と多感』との比較

このような『ミドルマーチ』前半の多感なドロシアの物語は、オースティンの『分別と多感』のメアリアンが、〈多感〉ゆえの無防備さでウィロビーへの恋に陥り、彼が去っていったあと、その正体を知るまでの物語に対応すると言えるだろう。しかし、ウィロビーの裏切りによってメアリアンが病気になり、死の淵を彷徨《さまよ》うのとは対照的に、ドロシアは、このあと見ていくとおり、カソーボンの死後、彼の正体を知って目覚め、生気を回復する。

メアリアンがロマン主義的なヒロインの典型として、作者のアイロニーが向けられている人物であるとすれば、ドロシアは、自らの使命感によって盲目的になっている「ドン・キホーテ」の女型タイプの人物として、作者の諷刺の対象になっているとも言えそうだ。そういう意味では、ドロシアは『ノーサンガー・アビー』の女主人公キャサリンに通じるところがあるかもしれない。キャサリンはたんにゴシック小説にかぶれているだけで、彼女にはドロシアのような使命感はないが、カソーボンのような人物を理想化するあたりには、ドロシアにも、雑多な読書の影響が見られるようである。(3) ドロシアが「パスカルの『パンセ』やジェレミー・テイラーの書物のなかの言葉を、たくさんそらんじて」(*M* 8) いて、フッカーやミルトンに憧れていることなどが、作品冒頭で触れられているからである。

しかし、メアリアンが〈多感〉ゆえに選んだ恋人が、ウィロビーという典型的なプレイボーイであるのに対して、ドロシアが〈多感〉ゆえに理想化して夫として選んだのは、生気を欠いた初老のカソーボンである。〈多感〉の対象となる男性のタイプがあまりにも異なるのは、皮肉である。〈多感〉な若い女性の「取り違え」という点では、共通しているが、ドロシアの思い込みの激しさは、ふつうの常識的な女性を代表している妹シーリアの、カソーボンへの毛嫌いにも似た反応と対照されているだけに、いっそう際立つ。また、メアリアンが、ウィロビーへの失恋のあと、ある種のあきらめの境地から、はるかに年上のブランドン大佐と結婚するのに対して、ドロシアは、最初は父親のような年齢差のある男性を選び、あとで年若い男性に恋をするようになるのだから、かなり道筋が違うということは、言い添えておかなければならない。

## 3　ラディスローとの恋愛――〈多感〉と〈分別〉の闘い

▼夫の死、そして変容

ドロシアは、ローマでの新婚旅行中、カソーボンの従弟ラディスローと再会したときから、ラディスローに惹かれるようになる。カソーボンとは対照的な若々しい情熱、正直さ、無軌道さ、そして彼女に対する熱意ある関心と献身的な態度といったものに、ドロシアは魅力を感じるようになるのである。しかし、彼女がラディスローに対して好意を示すようになると、カソーボンは嫉妬に駆られ、若い二人が親密になっていくことに対して警戒心を抱くようになる。病気が悪化して、死の危険に見舞われるようになったカソーボンは、自分の死後ドロシアがラディスローと再婚するのを食い止めることに、執念を傾ける。

そして、思いがけずカソーボンの死は突然早くやって来る。彼の死後、遺言状の補足書に、「妻ドロシアがラディスローと再婚すれば、妻には財産を遺さない」という旨のことが、記載されていることを知ったドロシアは、夫の浅ましい正体に幻滅する。それと同時に彼女は初めてラディスローへの恋心に目覚める。ドロシアのなかで、このような変容が起こる瞬間は、次のように描かれている。

この瞬間の経験は、自分の命が新しい形を帯びつつあるというような、ぼんやりとした狼狽させられるような感覚に譬えることができたかもしれない。自分が変身《メタモルフォーシス》を遂げつつあり、新しい器官の動きに記憶が追いつかないという感じである。すべてのものの様相が変わってきた。夫の行動、忠実な妻として夫に仕えようとする彼女自身の気持ち、夫婦間の衝突のひとつひとつ――さらには、ウィル・ラディスローと彼女との関係全体が、様相を変えてきたのである。彼女の世界は痙攣を起こしたように変動しつつあった。彼女が自分に向かってはっきり言えたことは、ただひとつ、焦らず落ち着いて、よく考え直さなければないということだった。自分のなかに起こったひとつの変化が、まるで罪のようで、彼女には怖かった。亡き夫に対して激しい嫌悪感を覚えて、ぎょっとしたのだ。夫は本心を隠していたが、妻の言うことなすことをすべて曲解していたのだろう。すると、自分のなかにもうひとつの変化が起きたことを意識して、彼女はおののいた。突然、ウィル・ラディスローに対して、奇妙な思慕の念を覚えたのだ。どんな事情があろうとも、彼が自分の恋人になりうるとは、彼女は一度も想像したことはなかった。それなのに、別の人間が、ラディスローのことを、そんなふうに見ていたのだ。もしかしたら、ラディスロー本人も、そういう可能性に気づいていたのかもしれない。こういう新事実が突然明らかになったのだから、彼女の心にどんな影響があったか、考えていただきたい。しかも、それとともに、まずい状況や、簡単には解決しない問題などが、目の前にわっと押し寄せてきたのだから。（M 490）〔傍点筆者。以下、同じ〕

「痙攣を起こしたよう」な「変動」の経験とともに、「ぼんやりとした狼狽」、「罪」を犯したかのような恐怖、亡き夫への「激しい嫌悪感」、おののき、さらにはウィル・ラディスローへの「奇妙な思慕の念」などが次々と湧き上がり、彼女は極度の〈多感〉な状態に陥る。そのなかで、注目したいのは、「彼女が自分に向かってはっきり言えたことは、ただひとつ、焦らず落ち着いて、よく考え直さなければならないということだった」という傍点の箇所である。ここで、〈多感〉を克服しようとする〈分別〉の声が交じっていることが、ドロシアの新しい変化の兆しのように感じられる。

このあと、カソーボンの遺言という外的障壁ゆえに、ドロシアとラディスローは引き裂かれることになる。しかし、カソーボンにとっては皮肉な結果であるが、引き裂かれたことによって、この二人はますます強く惹かれ合っていくことになるのだ。

### ▼『分別と多感』の場合

『分別と多感』の女主人公エリナは、エドワードに強く惹かれつつも、ルーシーからエドワードとの婚約の秘密を打ち明けられたために、彼に対する恋を断念せざるをえなくなる。つまり、エリナはルーシーという外的障壁のために、自分の正直な気持ちを貫けなくなるわけである。

愛し合う二人の恋人たちを引き裂く障壁の性質という点で、カソーボンの遺言状と婚約者ルーシーの存在とは、大きく異なるが、結婚の実現の妨げの原因という点では共通している。そして最も重要な共通点は、その障壁のために、女主人公が〈分別〉と〈多感〉の間で引き裂かれ、苦悩するということである。

ここで、『分別と多感』から、そうしたエリナの苦悩が色濃く描かれている箇所を、ひとつ挙げておきたい。次の引用は、ルーシーがエドワードと秘密で婚約していることを、エリナがルーシーから初めて打ち明けられた箇所である。ルーシーはエドワードのミニチュアや、彼からもらった手紙の筆跡を、エリナに見せつける。

エリナには、それがエドワードの筆跡であることがわかった。もはや疑いようがなかった。エドワードのミニチュアは、どこかで偶然手に入れたものかもしれず、エドワードからもらったものではないとも思えた。でも、二人の間で文通しているということは、確かに婚約しているということで、それ以外には説明がつかない。エリナはしばらく打ちのめされてしまい、心が落ち込み、立っていられないほどだった。しかし、何としても踏ん張らねばならず、心を押しつぶされまいと決然として戦ったので、すぐに持ち直して、とりあえずいつもの自分を取り戻した。

ルーシーはポケットに手紙を戻しながら言った。「手紙のやりとりだけが、こんなに長い間離れ離れになっている私たちの、ただひとつの慰めなの。……この前、エドワードがロングステイプルに来たとき、私、指輪に私の髪の毛をはめ込んで、あの人にあげたの。それが慰めになるって、あの人、言っていたけれども、肖像画ほどではないわね。あの人に会ったとき、指輪にお気づきになったでしょ?」

「ええ」エリナは落ち着いた声で答えたが、その裏には彼女が、これまでに感じたことがないような情念と悲しみが隠されていた。エリナは屈辱と衝撃と困惑に打ちのめされていた。(128–29)

これまで自分のことを愛してくれているものと信じていたエドワードが、ほかの女性——しかも、よりにもよってルーシーのような、初めて会ったときから、品位と純粋さに欠けると思っていた、いけ好かない女性——と婚約していたこと。たとえ、それが、エリナと出会う前の出来事であったとはいえ、エリナにとっては、裏切りにも等しい行為である。それを知ったとき、エリナのなかで、〈メタモルフォーシス〉とも言えるような、強い情動の動きが生じる。引用箇所にも見られるとおり、彼女は「打ちのめされてしまい、心が落ち込み、立っていられないほど」になり、「屈辱と衝撃と困惑」でつぶれそうになる。しかし、そのなかで、エリナの持ち前の〈分別〉が力を発揮する。彼女は「何としても踏ん張らねばならず、心を押しつぶされまいと決然として」戦い、「自分を取り戻し」て落ち着きを装い、取り乱したところを決して見せまいとするのだ。ここから、物語では、エリナの〈分別〉と〈多感〉の激しい戦いが展開していく。それによって私たちは、エリナがいかに〈分別〉の背後に〈多感〉を隠した人物であるかを知ることになるのである。

苦悩のなかで、やがて女主人公の〈分別〉が〈多感〉に勝利し、その結果として相手の男性を獲得するという筋書きにおいても、『ミドルマーチ』と『分別と多感』は共通する。最後にドロシアはラディスローと、エリナはエドワードと結ばれるに至る。

ただし、カソーボンの遺言状という障壁は、婚約者ルーシーの存在ほど本質的なものではない。カソーボンはすでに死んでいるのだから、生きた夫の存在という絶望的な壁は、ドロシアとラディスローの間には存在しないからだ。二人を引き離しているのは、むしろ、世間の批判や経済的な問題である。ドロシアが財産や地位を捨て、ラディスローという、財産がないばかりか、血筋に問題があるとされる男と結婚することに対して、彼女の一族はもちろん、世間からも異論を唱えられる。他方ラディスローも、ドロシアの財産をねらって彼女の夫に怪しまれるような接近の仕方をしたという嘲笑に対して、プライドが許さなかったのだ。しかし、二人が世間の批判も、経済的な苦難をものともせず、互いの結婚を選ぶならば、それは自由であり、彼らの結婚を阻む道徳的な問題はない。そういう意味では、ラディスローを断念しなければならないと思うさいのドロシアの〈分別〉は、あくまでも物理的・世間的なこだわりであって、本質的なものではない。

### ▼〈分別〉の試練

ドロシアにとって、真の意味で〈分別〉が試されたのは、ラディスローとロザモンドの関係に対する疑惑が生じたことである。ドロシアは、夫カソーボンの病状について尋ねるためにリドゲイトを訪問したさい、リドゲイトの留守中、ラディスローが歌い、ロザモンドがピアノを弾いている共演の場に遭遇する。気まずいその場から、ドロシアが逃げるように立ち去ったあと、帰り道の馬車のなかで物思いに耽る箇所を、次に見てみよう。

そして、ウィル・ラディスローがリドゲイトの留守中に彼の妻とともに時を過ごしていたことを、自分がいぶかしく思っていることに気づいた。すると、ウィルがそれと似たような状況で、自分とも時を過ごしたことがあったことを思い出してしまい、いぶかしいわけがないと、自分に言い聞かせた。しかし、ウィルは夫の親戚なのだから、自分が親切に振る舞うのは当然の相手だ。それでも自分の不在中に従弟が訪ねて来ることを夫が嫌がっているらしいことに、彼女は気づいていた。「たぶん私は、いろいろと考え違いをしていたのだわ」自分に対してこう言うと、涙がこぼれ落ち、ドロシアは急いで涙を拭かなければならなかった。彼女は心が乱れて、惨めな気持ちになった。そして、それまで澄み渡っていたウィルのイメージが、なぜか曇ってしまった。（*M* 434）

ドロシアは、ウィルとロザモンドが二人きりで音楽で戯れていた場面を、頭から振り払うことができない。ここで彼女は、かすかに嫉妬を覚えているように思われる。引用の最後に「それまで澄み渡っていたウィルのイメージが、なぜか曇ってしまった」とあるのは、潜在意識のなかで、これまでただ自分ひとりのための存在であると考えていたウィルが、他の女性と関わりを持っていると思うと、汚されたように感じるからであろう。涙まで出てしまうのは、ドロシアが〈多感〉に圧倒されそうになっている印であると言えるだろう。

しかし、ドロシアは、ここで自分の〈多感〉を〈分別〉によって乗り越えようとしている。それは、自分がこれまでに、これと似た状況でウィルとともに時を過ごしたことがあったことを思い出し、夫もいまの自分と同じようにいぶかしく感じたのだろうかと想像し、「たぶん私は、いろいろと考え違いをしていたのだわ」(傍点部)という反省へと切り替えているからである。つまりドロシアが、自分の〈多感〉による心の揺れ動きを、夫への共感によって鎮めようとしているさまがうかがわれるのだ。

のちにラディスローは、カソーボンの遺言補足書の内容を知るとともに、自分の家系に汚点があったことを知って、ミドルマーチから去ろうと決意し、ドロシアに別れを告げる。ドロシアのほうでも、ラディスローとロザモンドのスキャンダルを耳にした直後、彼に会うことになる。二人は互いに本心を口にできず、相手の真意がわからないまま別れる。ドロシアは、ラディスローが去ったあと、彼が愛しているのは自分なのだと確信する。

## 4 クライマックス——〈分別〉の勝利と〈多感〉への傾斜

▼試練の絶頂

いったんラディスローの愛を確信したドロシアだったが、ふたたび疑惑に襲われることになる。ラッフルズ死亡事件で、バルストロードから金銭的支援を受けていた医師リドゲイトは、犯罪に関わったのではないかと疑われ、評判が地に落ちる。危機に陥ったリドゲイトのためにひと肌脱ごうと、ドロシアはロザモンドを訪ねる。そんなおりもおり、ドロシアは、ラディスローとロザモンドが親密にしている場に出くわすのである。ドロシアは衝撃のあまり、リドゲイトの屋敷を飛び出す。無我夢中で次々と行動を続けたあと帰宅した彼女は、部屋の床に倒れこんだまま一夜を過ごす。

ドロシアは、自分の心のなかで、ラディスローが真っ二つに引き裂かれたような思いを体験する。そのとき、心の底から絶望の叫びを上げながら、自分がラディスローに恋心を抱いていることを自覚する。ドロシアが嫉妬と怒りで狂う箇所は、ドロシアの〈多感〉が、最も激烈な形で描かれた部分である。彼女は文字どおりうめき声を上げ、精魂尽き果てて、泣きながら眠りに落ちる。

次の箇所は、その翌朝目覚めたドロシアが、前日の出来事を振り返る場面である。

彼女は、昨日の午前中のことを、もう一度辿り直してみた。ひとつひとつのことを吟味して、その意味を考えてみようと思った。……最初の瞬間に感じた嫉妬で、怒りと嫌悪のあまり、彼女はその忌まわしい部屋から飛び出してしまい、そもそも訪問を思いついたときに抱いていた情けを、すべて振り捨ててしまったのだ。ウィルとロザモンドとをいっしょくたにして、激しい軽蔑のなかに封じ込め、ロザモンドの姿を自分の視界から永遠に消し去ったように思っていた。しかし、不実な恋人に対してよりも恋敵に対して残酷になりがちな浅ましい女の性《さが》は、ドロシアの内で力を盛り返すことはなかった。彼女の心のなかでは、正義感が支配力を持っていたので、情念の嵐は鎮まり、物事を正しく見ようという気になれたのである。リドゲイトの運命の試練に想いを馳せ、この若い夫婦の結婚生活には、自分の場合と同様、外から見える以上の悩みがあるということを、彼女は頭を活発に働かせながら想像していたのだ。そのとき湧き上がってきた同情心を、いまふたたび彼女は取り戻し、強く感じることができた。いったん同情を覚えてしまうと、もう引き返せない。それは、いったん知識を得てしまったら、知らないときのような見方ができないのと同じである。彼女は自分の取り返しのつかない悲しみに向かって言った。悲しいからこそ、自分は努力を惜しまず、もっと人の役に立とうとしなければならないのだと。(*M* 787–88)

ドロシアは〈分別〉の力で、前日の出来事を冷静に振り返り、「嫉妬」「怒り」「嫌悪」「軽蔑」で溢れていた自分の〈多感〉を乗り越えようと懸命に努力している。第一の傍点部の表現によれば、「正義感」の支配力によって、「情念の嵐は鎮まり、物事を正しく見ようという気になれた」のである。そして、我が身の想いはいったん脇に置いて、リドゲイトの運命の試練に想いを馳せ、この若い夫婦のために、自分にできることをしようという気持ちを、ふたたび取り戻す。最後の傍点部のとおり、「悲しいからこそ、自分は努力を惜しまず、もっと人の役に立とうとしなければならないのだ」と、彼女は目覚めるのである。

▼クライマックス

このあと、ドロシアが窓から外を眺める有名な場面が続く。

朝の光が部屋に射し込んできた。彼女はカーテンを開けて、道のほうを眺めた。入口の門の向こうには、牧場が見渡せた。道には、荷物を背負った男と、赤ん坊を抱いた女がいた。牧場には、動いているものが見えた。犬をつれた羊飼いかもしれない。はるか彼方の弧を描いたような空は、真珠のように光り輝いていた。彼女は、世界は大きいのだと感じた。多くの人々が朝目覚めて、労働へと向かい、辛抱強く生きているのだと思った。自分もまた、自ずと脈打っているその生命の一部なのだ。贅沢な隠れ場から、たんなる傍観者としてそれを眺めているわけにはいかないし、目を背けて利己的な不満に浸っているわけにもいかない。（*M* 788）

ドロシアは、早朝から「労働へと向かい、辛抱強く生きている」人々の姿を目にして、世界の大きさに気づき、「自分もまた、自ずと脈打っているその生命の一部なのだ」と目覚める。そして、自分にできることは何かと自問したとき、それまでリドゲイトを助けるために行動しようとしていたのであり、ロザモンドに対する怨恨やラディスローに対する怒りのために、ここで中断するわけにはいかない、自分はどうなっても、誰かのために尽くすのだと考える。こうして、ドロシアはふたたびロザモンドに会いに出かける。これは、〈分別〉が〈多感〉に勝利したあとの輝かしい場面として――また、ドロシアが自らの生き方を根本から見直し、自分が世界の中心ではないことを発見する転換点を成しているため――この作品のクライマックスとも言える箇所である［図6－1（ドラマでは、戸外の場面に移し替えられている）］。

図 6–1　ドロシアが明け方の景色を見て開眼する場面（BBC ドラマ『ミドルマーチ』より）

　ドロシアの英雄的行為に感謝の念と感動を覚えたロザモンドは、返礼として、ラディスローの本心、つまり彼が愛しているのはドロシアだけなのだという真実を告げる。これによってドロシアは救われ、ロザモンドという障壁の存在も消える。あとは、ドロシアとラディスローが和解し、互いに本心を告げ合って、結婚を決断する運びとなる。

## ▼『分別と多感』のクライマックス

この経緯は、『分別と多感』とはかなり異なる。『分別と多感』では、ルーシーは「エドワードの本心」に気づきつつも、その情報をエリナに与えるというような親切心を、まったく示さない。ドロシアとロザモンドは一瞬共感して抱擁し合うが、ルーシーがエリナに対してそのような弱みを見せる場面はついにない。最終的にエリナがエドワードを獲得するのは、ルーシーが、母親の怒りを買い財産相続権を失ったエドワードを捨てて、兄の代わりに財産相続者となった弟ロバートに乗り換えたからにすぎない。

ロザモンドはラディスローに捨てられた形になっているが、『分別と多感』では、ルーシーのほうがエドワードを捨てたのであり、エリナはいわばそのおこぼれにあずかった形である。したがって、ルーシーとロザモンド──自身の魅力を武器に、男性を食い物にしようとする俗物で、結局は変わらない自己中心的な自信過剰な女たち(4)──を比較すると、女主人公を苦しめる敵のあくどさとしては、ルーシーのほうに軍配が上がりそうである。

ともあれ、ドロシアとエリナという二人の女主人公は、自分の恋敵に勝ったのではなく、自分自身の〈分別〉によって、自分の〈多感〉に打ち勝ったということ、その報酬として、恋する相手を最終的に勝ち取ったという点で、共通している。

さらに共通しているのは、勝ち取った相手の男性が、女主人公の克己心に真に値するかどうかがいささか怪しいという点である。高潔な女主人公に比して弱点が目立ち、女主人公にとっては、むしろ保護してやりたいという母性本能をくすぐるようなタイプと言えるかもしれない。エドワードは、たとえエリナに出会う前であるとはいえ、ルーシーのような女性に一度は恋し、秘密の婚約をしてしまったという弱さを備えている点で、汚点が消えない。ラディスローは、不安定な道楽者で、果たしてドロシアに相応しい相手かどうかという点で、多くの批評家が疑問を示している。彼のことを、デイヴィッド・セシルは、「人生からではなく、作者の願望のイメージから描かれたヒーロー」であるとし、ヘンリ・ジェイムズは「女性が作った男」だと酷評し、C・S・ルイスは、「ラディスローのような甘ったるいやつと結婚したドロシアを、許せない」とまで批判している（Lerner 232–41）。

しかも、エドワードは、過去に過ちを犯したとはいえ、一度婚約した女性と結婚することによって責任を果たし、〈分別〉を貫こうとしているが、ラディスローのほうはつねに〈多感〉で、欲求のままに行動している。彼が軽率であるために、ロザモンドとの交際が節度を欠いたものとなり、ロザモンドにまで誤解を抱かせるようになったのである。

そのようなラディスローと結婚したドロシアは、結局〈多感〉へと傾斜していったのだろうか？ドロシアが最後に、どのように描かれているかを確認する前に、『分別と多感』において、エリナが怒涛のごとき〈多感〉に飲み込まれた場面がいかに描かれているかを、見ておこう。

エリナは下男から、「フェラーズ氏が結婚したのはご存じですね」（SS 328）という不意打ちの言葉をかけられる。そして、「フェラーズ氏」が、夫人になったミス・スティールつまりルーシーといっしょ

図6–2　ルーシーの結婚相手がエドワードではなかったことを、エリナが知る場面（映画『いつか晴れた日に』より）

に馬車に乗っているところを、実際に目撃したと彼は言う。これを聞いたとき、エドワードとルーシーの結婚がもはや動かしがたい事実となったと知ったエリナは、絶望する。そのあと訪ねて来たエドワードを前に、エリナは〈分別〉の力で自分を克服し、冷静さを保つ。しかし、ルーシーの結婚相手なる「フェラーズ氏」が、エドワードではなく弟ロバートであることを、彼自身の口から聞いた直後のエリナの様子は、次のように描かれている。

> エリナはそれ以上、じっと座っていられなかった。彼女は部屋から走るようにして飛び出し、ドアを閉めるやいなや、喜びがこみあげてわっと泣いた。この涙はいつまでも止まらないのではないかと、彼女は思った。（335）

エドワードとの結婚が可能になったことを知ったときの、エリナのこの号泣の場面は、彼女の〈多感〉を一気に露呈させる。ちなみに、アン・リー監督によって映画化された本作品（邦題『いつか晴れた日に』、一九九五年製作）において、エマ・トンプソンの演じるエリナが泣くこの場面は、圧巻である［図6－2］。

## ▼「分別」と「多感」の境界

『ミドルマーチ』の場合も、同様に、女主人公の〈分別〉の勝利と〈多感〉への傾斜は、表裏一体であると言えるだろう。「フィナーレ」において、語り手がドロシアのその後について述べている次の箇所を見てみよう。

> ウィルは熱心な社会活動家になった。まだ改革が始まって間もなかった当時は、今日の私たちの時代とは違って、世の中がすぐによくなるだろうというような希望が漲っていた。そうした時代に、ウィルの働きは功を奏し、彼はついに、ある選挙区から費用を負担してもらって、議員になるに至ったのである。ドロシアとしては、これ以上嬉しいことはなかった。世の中には不正があり、自分の夫がそれと立ち向かうための闘いに関わっていて、自分が妻としてその手助けをするというわけなのだから。(836)

傍点部にあたる原文は、"Dorothea could have liked nothing better." である。これはどのような意味と解釈するべきだろうか？[5] ラディスローが議員になり、夫が世の中の悪のために闘っていて、自分はその夫に尽くすというような生き方に対して、「無上の喜びを感じる」というような最高表現ととることも可能かもしれない。しかし、文中の "better" という表現に着目して、少し前の箇所に遡ってみたい。次の会話は、ドロシアがラディスローとの結婚を決意したとき、シーリアが反対し、ドロシアがそれに答える場面である。

「……お姉さんはこれまでしょっちゅう間違ったことをしてきたって、わかってる? 今度のこともそうよ。ラディスローさんが、お姉さんに相応しい夫だなんて、誰も思わないわよ。それにお姉さんは、もう結婚なんかしないって、言っていたじゃないの」

「私がもっと賢い人間だったらよかったというのは、そのとおりよ、シーリア」ドロシアは言った。「私がもっとましな人間だったら、もっといいことができていたかもしれないわね。でも、いま私がしようとしていることは、これなのよ。私はラディスローさんと結婚すると約束したから、あの人と結婚するわ」(821)

シーリアから、これまでの過ちについてたしなめられたドロシアは、自分はいつも何か世の中のためによいことがしたいのだが、賢い立派な人間ではないために何もできないという自覚を持ちつつ、ラディスローとの結婚を決意したのだという。傍点部にあたる原文は、"I might have done something better, if I had been better" である。だから、先の問題の箇所の "better" も、この箇所と同様、「自分のような人間としてできるいちばんましなこと」というようなニュアンスではないだろうか。議員の妻として夫を助け、子どもの母として生き、周囲の人にできるだけよかれと思うことをして生きているのが、自分のような程度の能力しか持ち合わせない人間には、ちょうどよいというような意味合いがこめられているのではないか。

次の結末部も、同じような流れで語られていると考えられる。

感受性の強いドロシアの精神は、目立たなくともそれなりに良い実を結んだ。彼女の溢れんばかりの天性は、キュロス大王によって流れの力を奪われた川のように、勢いを失い、名もなき小さな水路となって終わった。しかし、彼女の周囲にいる人々にとって、彼女の存在は絶大であり、その影響はじわじわと広がっていった。なぜなら、世の中がだんだんよくなっていくのは、一部には、歴史に残らない行為によるものだからである。そして、私たちにとって物事が思ったほど悪くないのは、人知れず誠実に生き、誰も訪れることのない墓に眠る、数多くの人々のおかげでもあるからだ。(*M* 838)

要約すると、こういう意味合いになるだろう――「ドロシアの激しい情熱は、大河のようにではなく、名もなき水路となって流れたが、周囲の人たちにとっては、彼女の存在は大きかった。この世の中がそれほど悪くないのは、名もない人たちの努力、訪れることのない墓に眠る人たちのおかげなのだ」。ということは、ドロシアの生き方は、せいぜいこんなところだったが、本人としては、精一杯よりよい生き方をしたのだということになる。したがって、すばらしい男性を勝ち得て、その妻として華麗な生き方をすることを描くことは、そもそも作者エリオットの本意ではなかったと考えてよいだろう。ラディスローは、歴史に残る偉業を成すという、ドロシアのヒロイズムを満足させるような、いかなる条件も備えていないからこそ、彼女を「人知れず誠実に生き、誰も訪れることのない墓に眠る」名もなきふつうの女性で終わらせる相手という一点において、まさに相応しい男性と言えるかもしれない。

〈多感〉な女主人公が、〈多感〉さゆえに大きな理想を抱き、過ちも犯したが、数々の試練を〈分別〉によって乗り越え、その後も〈分別〉によってのみ生きるのではなく、〈分別〉と〈多感〉の曖昧な境界線上で、バランスを取りながら、よりよい生き方を模索していく。それこそが、エリオット的な文学テーマだと考えられる。

そして、オースティンの作品は、すべて女主人公の勝利の結婚で終わるが、そのなかでも、玉の輿に乗ったエリザベスやファニー、キャサリンではなく、最高の理想の男性ナイトリーを勝ち得たエマでもなく、成功者となった元恋人ウェントワースを取り戻したアンでもなく、婚約者に捨てられた良心的でおとなしい恋人エドマンドという地味な報酬を得たエリナの物語が、最もエリオット的雰囲気に近い作品であるように思われる。それは、ある種のあきらめを経た満足、〈中庸〉を経たのち、地に足のついた現実肯定へと至っているという点における共通点でもある。それは、「イギリス的なるもの」という点で、両者の文学が底流においてつながっているからであるとも言えるだろう。

## 5　エリオットはオースティンから何を受け継いだのか？

▼ドロシアとメアリ・ガースはなぜ出会わないのか？

オースティンの『分別と多感』では、二人の女主人公のうちエリナが代表する〈分別〉と、メアリアンが代表する〈多感〉とが、ダイナミックに侵食し合うさまが描かれている。それに対して、エリオットの『ミドルマーチ』の女主人公ドロシアは、〈多感〉から〈分別〉へと変容しつつ、二つの要素の衝突を繰り返しながら調和を目指していく。

全般的には、ドロシアは〈多感〉の要素が大きな女主人公であるため、それを補う〈分別〉を代表する女性は、『ミドルマーチ』では、メアリ・ガースである。しかし、エリオットは、ドロシアとメアリを対置して〈分別と多感〉の物語を書こうとはしなかった。不思議なことに、作品中でドロシアとメアリが対面する場面は一箇所もない。彼女たちの交流が描かれなかったということは、これら二人の女性たちが、作者エリオット自身の〈分別〉と〈多感〉をそれぞれ投影した人物であった可能性を示唆していると言えるだろう。しかし、アーノルド・ケトルも指摘するとおり、メアリの生き方自体は、この作品の中心テーマの提起する深遠な倫理的問題に対する解答にはなっていない（Kettle 185–88）。したがって、エリオットの関心は、〈分別〉のある人物の生き方を模範として示すことではなく、むしろ、〈多感〉な人間がいかに苦悩しつつ努力し、ときには挫折しながら、よりよい生き方を見出していくかを描くことにあったと考えられる。

### ▼諷刺の精神とは何か

最後に、本章のタイトルに掲げた問いに立ち戻ることにしよう。エリオットはオースティンから何を受け継いだのか？　それは、〈分別〉と〈多感〉が、その境界線を侵食し合い、曖昧にしながらも、危ういバランスを獲得していく人間の生き方を克明に描くことであったと言えるだろう。加えて、そうした人間の姿に対して、読者の共感を掻き立てる一方で、そこから生じるアイロニーを見逃そうとしない、客観的な批判の態度、つまり「諷刺の精神」。そして、その精神に伴う、ユーモアのセンスとたくましい笑い――それらは、はじめにも述べたとおり、筆者がまさに「イギリス的なるもの」と考えている構成要素にほかならない。したがって、エリオットがオースティンから受け継いだものとは、そうしたイギリス小説の枠の部分、かつ中心部であったと言える。この仮説が、本章のそもそもの出発点であったが、以上の検証を経ることによって、それを結論として締め括ることにしたい。

## 注

*本章は、拙論「ジョージ・エリオットはジェイン・オースティンから何を受け継いだのか?――『ミドルマーチ』における〈分別〉と〈多感〉」(『ジョージ・エリオット研究』第二四号、一―二三頁)に、加筆したものである。

(1) 日記では『高慢と偏見』だけ言及されていないが、たんなる書き落としであろうと、ハイトは述べている(Haight 225)。

(2) ルイスから勧められて『高慢と偏見』を読んだシャーロットは、この作品には「ありふれた顔の銀板写真のような正確な肖像と、優雅な花々の花壇のある、きちんと柵で囲われた手入れの行き届いた庭」しかなく、「私はオースティンの描く紳士や淑女といっしょに、優雅で狭苦しい家に住みたいとは思わない」という感想を書き送る。ルイスがそれに対して、オースティンは「最も偉大な芸術家で、人間の性格を描く達人」であると念押しすると、シャーロットは、「あなたも仰るとおり『情緒』と詩に欠けたオースティンは、分別があり、現実的(真実である以上に現実的)ではあっても、偉大ではありません」と、再度反論している(Barker 180–81)。

(3) 『ノーサンガー・アビー』と『ドン・キホーテ』との関連については、拙著『深読みジェイン・オースティン』五九―六六頁を参照。

(4) この二人の人物を、イギリス小説における「嫌な女」の双璧として取り上げて比較考察した論考がある(廣野「〈嫌な女〉の造形」)。

(5) 工藤好美・淀川郁子訳(講談社、一九七五年)では、「無上のよろこびとした」と訳され、拙訳第四巻(光文社、二〇二一年)では「ドロシアとしては、これ以上嬉しいことはなかった」と訳した。このニュアンスの相違については、すでに拙論（廣野「〈沈黙の彼方〉より」五六―五八頁）でも論じた。

## 参考文献


Austen, Jane. *Sense and Sensibility*. Edited with an Introduction by Ros Ballaster. Penguin, 1995.
Barker, Juliet. *The Brontës: A Life in Letters*. Overlook, 2002.
Dolin, Tim. *George Eliot*. Author's in Context series. Oxford UP, 2005.
Eliot, George. *Middlemarch*. Edited with an Introduction and Notes by Rosemary Ashton. Penguin, 1994.
Haight, Gordon S. *George Eliot: A Biography*. Oxford UP, 1968.
Kettle, Arnold. *An Introduction to the English Novel*. 2 vols. 1951. Harper, 1960. vol.1.
Lerner, Laurence. "Dorothea and the Theresa-Complex", 1967. *George Eliot: Middlemarch*, edited by Swinden. Casebook series. Macmillan, 1972, pp.225–47.
Rignall, John, editor. *Oxford Reader's Companion to George Eliot*. Oxford UP. 2000.
Swinden, Patrick, editor. *George Eliot: Middlemarch*. Casebook series. Macmillan, 1972.
ジョージ・エリオット『ミドルマーチ』Ⅰ・Ⅱ、工藤好美・淀川郁子訳、講談社、一九七五年。
――『ミドルマーチ』一―四、廣野由美子訳、光文社古典新訳文庫、第一巻　二〇一九年、第二巻　二〇一九年、第三巻　二〇二〇年、第四巻　二〇二一年。〔本章には、本書第四巻収録の「読書ガイド」の「四　英文学の伝統――他の作家からの影響」四五四―六一頁と一部重複する内容が含まれる〕
廣野由美子「『ミドルマーチ』――ヒロイズムから〈幻滅〉へ」、海老根宏・内田能嗣編『ジョージ・エリオットの時空――小説の再評価』北星堂書店、二〇〇〇年。
――「〈嫌な女〉の造形――ジェイン・オースティン vs. ジョージ・エリオット（特集　小説の登場人物たち）」『英語青年』第一五三巻第三号、研究社、二〇〇七年六月、四―五頁。
――『深読みジェイン・オースティン――恋愛心理を解剖する』ＮＨＫ出版、二〇一七年。

――「〈沈黙の彼方〉より――George Eliot の劇詩 “Armgart” における声と *Middlemarch* の語りの方法」『英文学評論』第九三集、京都大学大学院人間・環境学研究科英語部会、二〇二一年、三七－六〇頁。

## 図版出典

図6－1　［DVD］*Sense and Sensibility*, directed by Ang Lee, screenplay by Emma Thompson, produced by Lindsay Doran, James Schamus, 1995.

図6－2　［DVD］*Middlemarch*, BBC, directed by Anthony Page, screenplay by Andrew Davies, produced by Louis Marks, 1994.

# あとがき

本書の内容についてはすでに、「はしがき」でくわしく紹介されているので、この「あとがき」では本書の出版にまつわることについて少し触れさせてもらえればと思う。

## ▼「手触り感」への願望

「はしがき」にあるように、本書は学会のシンポジウムおよび講演をもとに編まれたものだが、この二〇二一年度の大会は、二つの点で従来とは性格を異にするものとなった。それはまず、ジョージ・エリオットとジェイン・オースティンという両協会の共催であり、そして直接対面ではなく、Ｚｏｏｍによる開催だったということである。

その前年、二〇二〇年開催予定の学会はコロナ禍のため、ごたぶんに洩れず中止になり、したがって予定されていたシンポジウムも、翌年にそのまま持ち越されることになった。ところが、コロナ明け待ち、という一年間の空白を経た二〇二一年も依然コロナは猛威をふるったままであり、私たちに可能な選択肢といえば、相変わらずＺｏｏｍによる開催でしかなかった。

シンポジウムで各発表者に課せられる時間制限は、大仰にいえば、たとえばボクサーが試合前に経験する体重制限、減量にも似て常に辛いものがあるが、今回の液晶画面越しの学会には、ある種の違和感のようなものがその上に加わった。それは、うまくは表現できないのだが、異質なコミュニケーションの様式がもたらす不慣れな距離感であり、手触り感の欠如、それにシンポジウムの交流相手であるフロアと共有するはずの空気感の微妙な違い、などといったらよいだろうか。しかし、結果的にいえば、従来の時間的制約と同様、今回のそうした空間的（といえるかもしれない）制約が醸し出す一種の緊張した雰囲気もまた、各発表をきわめて凝縮感あるものにしたように思われる。

そして学会関係者のかたがたの献身的な尽力、見事なチームワークのおかげでシンポジウムは無事終了したのだが、そこで今回の口頭発表を時間制限なしで、もう少したっぷり議論ができるように活字にしては……という案が発表者の間で持ち上がった。そして偶然、当日のシンポジウムに続く講演もオースティンとエリオットをテーマにしたものであったので、早速、講演者の廣野由美子氏もお誘いし快諾を得られたのは幸いだった。

自ら思うところをひたすらこつこつと言葉に紡いでいくこと、そしてそれを読者がそれぞれに紐解き、読み解いていくこと——活字化することの魅力はそういうところにあると思われるが、それは今回、Zoomによってもたらされたニューノーマル、新しい距離感を、もう一度、自分たちがこれまで慣れ親しんできた手触り感のうちに取り戻そうとする、無意識的な願望の表れであったかもしれない。

### ▼リーヴィスの残した謎

シンポジウムの題目は「ジェイン・オースティンとジョージ・エリオット『深遠なる重要性を帯びた影響』——その探究の魅惑」であった。「深遠なる重要性を帯びた影響」（19）とは、いささか大仰に響くかもしれないが、リーヴィスは、自著『偉大な伝統』の中で、オースティンの影響が後に続く作家たちに受け継がれていくさまをそのように表現している。彼のこの著書は、発表当初、その題名自体がいかに物議を醸したかは想像に難くない。しかし、それよりもさらに興味深く思えるのは、リーヴィス自身がオースティンとエリオットの影響関係を示唆するに留めたことであろう。リーヴィスの言によれば「オースティンはある特別な理由があり、それについてはかなりの長さをもった研究を要する」(9)からということになる。

リーヴィスが示唆するのみで議論を保留するという行為は、著者の意図であったのか、あるいは偶発的なものであったのかはわからない。しかし、意図的であれ、偶発的であれ、端折ることにより残された空白が読者になんらかの影響を与えるということは考えられる。しかも、いっそいってしまえば、それはいささか文学めいてくるようにすら感じられる。リーヴィスの論文は当然ながら文学ではない。たとえば、それはヘンリ・ジェイムズの『ねじの回転』における〈幽霊〉の実在や、あるいは芥川龍之介の「藪の中」の真相に関して、読者を否応なく多義的な解釈にまで誘い込むといったような創作上の企みなどではもちろんないのだが、しかし、それにしても空白が帯びる謎というものは、こうした論文においてさえ読者を刺激し、それぞれに反応を誘発するものがあるらしい。ノーマン・ペイジの場合はその好例であろう。

### ▼謎の解明——空白を埋める

リーヴィスの『偉大な伝統』に関しては、そもそも「伝統」という概念、単なるモチーフの一つにすぎないものが、本番前に飛び出し一人歩きしはじめただけである、といった出版当時の匿名の書評もあれば、他方、その空白に本気で取り組もうとする者もいた。ペイジもまた後者の部類に入るだろう。「はしがき」でも触れられているように、彼は、エリオットの手によるものとされているオースティンへの賛美が、実はルイスが書いたものであったという説を認めている。しかし他方ペイジは、エリオットがオースティンを深く崇拝し、大いなる影響を受けたことに関しては「十分な証拠」(18)があるとするリーヴィスの主張には共鳴するのだ。ペイジは直観とも信念ともつかぬものに駆られるように、その空白をリーヴィス自身が埋めてくれるのをひたすら待つ。だが、『偉大な伝統』以降二〇年間というもの、リーヴィスが明言した「かなりの長さをもった研究」は、ようとして姿を現さない。

そして出版から約三〇年後、ペイジのその追究は、やがて〈待ち〉から〈産出〉へと舵を切る。オースティン生誕二〇〇年の記念学会で、彼はリーヴィスの『偉大な伝統』の「批評、批判」ではなく、「解明」を試みはじめるのである。彼はリーヴィスがオースティンとエリオットの連続性について、とびとびに触れている個所は「わずか二、三頁ほどしかない」と指摘しているが、それがペイジの「解明」ではその数倍を超える議論となる。

彼はエリオットと同時代作家たちを丹念に精査していき、ヘンリ・ジェイムズを介在させて、そこにオースティンとエリオットとの連続性を構築する。これまで追い求めてきたミッシング・リンク(空白)をいわば自前で完成させた彼は、自分自身のもう一つの〈偉大な伝統〉を書き上げてしまったのかもしれない。ここにもまた謎が誘発してやまない、なにか底知れぬ力のようなものが感じられてくる。

▼「月を身籠《みごも》る」

オースティンとエリオットという二作家の組み合わせにはなにか取っ付きの悪さも感じられなくはないが、しかし、逆にそれがかえって自由な発想、展開につながったようにも思われる。「はしがき」にあるように、直接的な言及を欠くオースティンとエリオットとの関係性は、いまもなお、両作家の「作品の深層構造の中にひっそりと組み込まれた影」のようなものであるのだろう。なるほどそれは漠としている。だが、むしろそれゆえに読む者の心をかきたてる。ちょうどペイジの場合のように。そして雨夜の月のように。

英国ならぬ日本の「偉大な伝統」である文学形式の一つ、短歌は雨夜の月に思いを馳せている。歌人、小島ゆかり氏は「月を待つ」というエッセイの中で、自分はこれまで月見の宴にたびたび出かけているが、来し方を振り返ってみれば、歌ができるのは、なぜか月が出なかったときであることに思い至り、その「歌の心の謎」を短歌に託している。

雨の夜の月こそあやし月を恋うこころはやがて月を身籠《みごも》る

▼「論文集」という、いくつもの流れ

本書においても謎は、執筆者の専門、興味、関心のある各分野に引き取られ、議論は縦横に拡がっていった。扱うテーマも多彩なら、その切口、手法、そしてなによりも作品の「読み」がそれぞれに個性的である。各論文での原文引用に関しても、同一個所でありながら和訳されたものが執筆者によって異なってくる場合もある。しかし、そうした違いもまた各論考の内容自体と関わってくると思われるので、本書では執筆者の訳文を尊重した。

そして個性の出合いの結果、起こったこと――それは各論のテクストが思いがけないところで他論文への通路を見出し、互いに自在に行き来しはじめているということである。その交差の現場では、微妙な、そしてときには大胆な化学変化にも似た反応作用が起こっており、気がつけば、読者側の読みもまた、それに連動して蠢き、すでに流動しはじめている感じさえする。

この論文集は、エリオットが「終曲」で用いた比喩、「キュロス大王によって堰き止められた河」をいくぶん連想させるかもしれない。その故事に倣えば、「オースティンとエリオット」という二大作家は、文学史上の大河ともいえるだろうが、本書は、その大河が「両者の関係性の空白（謎）」よって堰き止められた結果、いわばテクストのいくつもの小さな流れがつぎつぎに産み出されていく観がある。読者の読みには、それぞれの流れは出合いがしらに似たもの同士が水しぶきを上げて衝突し、合流するかと思えば、そのまま行き過ぎることもあろうし、あるいは逆に互いに異質に思われた流れが交互に相手を取り込み、色を重ね合わせながら、いつしかウルトラマリンのように深く濃い群青に水底を染め、それ自体がまた新たな謎を帯びてくるかもしれない。これらの流れが、はかり知れない「読み」という沃野を一滴、一滴潤していってくれるものになればと願っている。

最後の最後になってしまいましたが、大切なこと――本書の出版に漕ぎつけるまで、実に多くのかたがたのお世話になり、ありがとうございました。この出版に先立つＺｏｏｍによる学会では準備段階からさまざまな試行錯誤を繰り返し、協働作業のうちに多彩なプログラム展開を可能にしてくださった学会関係者の皆さま、学会の口頭発表から出版にいたるまで実に根気強く論文を練り直し推敲していただいた執筆者のかたがた、短歌の転載を快く許可くださった小島ゆかり氏、および日本経済新聞のご担当の皆さま、また今回の出版をご快諾くださり、お力添えをいただいた春風社社長の三浦衛氏、そして原稿の段階から図版の版権処理などさまざまな問題に迅速に対処し、また表記等に関しても丁寧な助言をくださった編集長の岡田幸一氏に心より感謝いたします。

出版に際しては微力ながら最善を尽くしたつもりですが、思わぬ理解不足や遺漏などあるかもしれません。ご教示いただければ幸いです。

二〇二三年二月一一日

惣谷美智子

## 引用文献

Leavis, F. R. *The Great Tradition: George Eliot, Henry James, Joseph Conrad*.1948. Penguin, 1974.

Page, Norman. "The Great Tradition Revisited." *Jane Austen's Achievement: Papaers. Delivered at the Jane Austen Bicentennial Conference at the University of Alberta*, edited by Juliet MacMaster. Macmillan, 1976, pp. 44-63. ノーマン・ペイジからの

引用はすべて上記による（頁記載は省略）。

小島ゆかり「月を待つ」『日本経済新聞』第一面「明日への話題」二〇二二年九月二七日（夕刊）。

## 執筆者紹介（執筆順、◆は編者）

◆新野緑（にいのみどり）ノートルダム清心女子大学教授
大阪大学大学院文学研究科英文学専攻博士後期課程中退　博士（文学）
著書『〈私〉語りの文学──イギリス19世紀小説と自己』（英宝社、二〇一二年）、『小説の迷宮──ディケンズ後期小説を読む』（研究社、二〇〇二年）など

川津雅江（かわつまさえ）名古屋経済大学名誉教授
名古屋大学文学研究科英文学専攻博士後期課程単位取得満期退学　博士（文学）
著書『トランスアトランティック・エコロジー──ロマン主義を語り直す』（共編著、彩流社、二〇一九年）、『サッポーたちの十八世紀──近代イギリスにおける女性・ジェンダー・セクシュアリティ』（音羽書房鶴見書店、二〇一二年）など

土井良子（どいりょうこ）白百合女子大学教授
上智大学大学院文学研究科英米文学専攻博士後期課程単位取得満期退学
著書『英米文学の地平　W・ワーズワスから日系アメリカ人作家まで』（共著、金星堂、二〇一二年）、論文 “Catharine, Catherine and Young Jane Reading History: Jane Austen and Historical Writing.” *Persuasions On-Line* vol. 41, no. 1,（JASNA / The Jane Austen Society of North America, 2020）など

**永井容子**（ながいようこ）慶應義塾大学教授
慶應義塾大学大学院文学研究科英米文学専攻博士課程単位取得満期退学
著書『ブロンテ姉妹と15人の男たちの肖像――作家をめぐる人間ドラマ』（共著、ミネルヴァ書房、二〇一五年）、『あらすじで読むジョージ・エリオットの小説』（共著、大阪教育図書、二〇一〇年）など

◆**惣谷美智子**（そうやみちこ）神戸海星女子学院大学名誉教授
関西学院大学大学院文学研究科英米文学専攻博士課程単位取得満期退学　博士（文学）
著書『めぐりあうテクストたち――ブロンテ文学の遺産と影響』（共編著、春風社、二〇一九年）、『虚構を織る――イギリス女性文学　ラドクリフ、オースティン、C・ブロンテ』（英宝社、二〇〇二年）など

**廣野由美子**（ひろのゆみこ）京都大学教授
神戸大学大学院文化学研究科博士課程単位取得満期退学　博士（学術）
著書『小説読解入門――「ミドルマーチ」教養講義』（中公新書、二〇二一年）、『深読みジェイン・オースティン――恋愛心理を解剖する』（NHKブックス、二〇一七年）など

# 索引

**【あ】**

**【か】**



**【さ】**

【た】

**【な】**



**【は】**

**【ま】**



**【や】**

【ら】



【わ】

オースティンとエリオット
――〈深遠《しんえん》なる関係《かんけい》〉の謎《なぞ》を探《さぐ》る
二〇二三年三月三一日　初版発行
編著者　惣谷美智子《そうや みちこ》　新野緑《にいの みどり》

発行者　三浦衛
発行所　春風社　Shumpusha Publishing Co.,Ltd.
横浜市西区紅葉ヶ丘五三　横浜市教育会館三階
〈電話〉〇四五・二六一・三一六八　〈FAX〉〇四五・二六一・三一六九
〈振替〉〇〇二〇〇・一・三七五二四
http://www.shumpu.com　✉ info@shumpu.com

装丁　長田年伸
印刷・製本　シナノ書籍印刷株式会社

乱丁・落丁本は送料小社負担でお取り替えいたします。


ISBN 978-4-86110-863-1 C0098 ¥3100E